JEAN-CLAUDE KAUFMANN

C'est arrivé comme ça

ROMAN

JC LATTÈS

© Éditions Jean-Claude Lattès, 2012.
ISBN : 978-2-253-17483-7 – 1ʳᵉ publication LGF

C'EST ARRIVÉ COMME ÇA

Jean-Claude Kaufmann est un sociologue français né en 1948 à Rennes. Admis au CNRS (Centre de recherche sur les liens sociaux, Université Paris Descartes – Sorbonne) en 1977, il est devenu directeur de recherches en 2000. Dans ses ouvrages, il scrute les moindres détails de la vie quotidienne et l'usage que nous faisons des objets qui nous entourent. Partant de cette analyse concrète, il perce à jour le comportement des individus et l'évolution de la société. Une démarche insolite qui a participé au renouvellement de la problématique de l'identité.

Pour les lecteurs qui choisiront une lecture croisée des récits de Charlène et Sami :

SOMMAIRE

Charlène

1.

La honte

La honte ! Putain, la honte ! Marre de ces saloperies de fesses ! Je me les trimbale comme le bagnard
son boulet. J'ai souvent l'impression qu'elles ne sont
pas à moi, qu'une mauvaise fée méchante m'a jeté un
horrible maléfice. De ses dents ébréchées, elle me
siffle son venin :

« Écoute et tremble, pauvre idiote : toute ta vie, tu
m'entends (TOUTE TA VIE !!!), tu porteras ces
vilaines fesses, bien grosses et molles, que je t'ai accro-
chées au derrière. Ha ! ha ! ha ! Tu fais moins la fière,
hein ! Comment feras-tu, dis-moi, espèce de déver-
gondée, pour enfiler un jeans moulant avec tes grosses
fesses ? Ha ! ha ! ha ! »

Le jeans, telle est la question. La honte totale ce
matin. J'avais pourtant tout prévu ; super organisée la
fille. Hier soir ma petite robe noire, classe de chez
classe. Superbe ! Habillée comme on dit. Sauf que,
justement, elle n'habille pas trop vu qu'elle est mini à
un niveau hallucinant pour mon popotin (les grosses
fesses, ça tend le tissu et ça raccourcit encore plus). Et
puis mes talons aiguilles rouges vernis, qui feraient

presque penser que j'ai de longues jambes. Peur de rien la nana ! J'aime bien me déguiser comme ça en vamp de la nuit, je domine le monde du haut de mes talons, les mecs n'ont plus qu'à ramper. Donc, résumons. Je vais à la soirée avec ma panoplie de bombasse, pendue au bras de Mat, mon chevalier servant pour l'occasion. Il était prévu qu'on aille ensuite dormir chez lui, c'était plus commode, ça m'évitait un trajet (il habite à trois rues de l'agence où je travaille, et moi je loge vraiment trop loin, à 1 heure 30 de métro-RER-bus final). Dormir ou plus si affinités, on n'avait pas précisé. Bref, la fille organisée avait emporté son baluchon contenant l'uniforme de boulot pour le lendemain : jeans, baskets et pull tout simple. La seule erreur avait été de prendre un vieux jeans (pas mis depuis un an), que je venais de passer à la machine. Sans l'essayer. Et bien sûr arriva ce qui devait arriver : l'incompatibilité entre l'étroit vêtement et mes protubérances naturelles était manifeste, ça ne passait pas. Rien à faire. J'avais beau sauter sur place en tirant le jeans à m'en casser les ongles, ça ne voulait pas rentrer dedans. Et ce connard de Mat qui riait. Quel con ! J'imaginais la méchante fée ricanant avec lui à en perdre haleine.

« Ha ! Ha ! Tu vois, elles ont encore grossi depuis l'année dernière ! »

Saloperies de fesses !

C'est dans des moments comme ça qu'elles occupent toutes mes pensées. Des fesses plein la tête. Au moment d'enfiler un jeans, ou quand je me vois dans un miroir, ou sur une photo. J'ai toujours l'impression que les photos sont mal prises. Ce n'est pas possible, ce n'est pas moi, je ne suis pas comme ça ! La méchante fée ricane.

« Si ! Si ! C'est bien toi. Les photos ne mentent jamais, ce sont elles qui disent la vérité… Surtout quand elles te prennent par-derrière… Ha ! Ha ! Ha ! »

Par bonheur, souvent, je ne me vois pas ainsi, pas comme sur les photos. J'oublie mes fesses. Alors la vie devient légère et joyeuse. Surtout la nuit. Je suis la reine de la nuit, bordel ! Avec un ou deux mojitos dans le moteur, plus rien ne l'arrête la nana ! Je danse comme une folle, et tant pis si ça ballotte.

Attention, il ne faut pas faire erreur sur la personne. Oui, je suis la reine de la nuit, je danse comme une folle, et il m'arrive de collectionner les mecs en after. Parce que j'aime pas rentrer seule chez moi au petit matin blême. Le *walk of shame*, il paraît que ça s'appelle. Donc j'aime mieux finir à deux. Par confort. Surtout si la chambre d'hôte est pas loin de mon agence. Je pars vers 8 h 30/8 h 45, maquillée, parfaite. Après un bon petit déjeuner. Je ne peux rien faire sans mon café. Merci et au revoir, bye bye le gentil monsieur ! Ne jamais trop s'attacher.

Je disais : pas d'erreur sur ma personne. Oui, je danse comme une folle et je collectionne sans m'attacher. Oui, les gros mots me sortent de la bouche sans crier gare. Même au travail je n'arrive pas à les contrôler, il y a des « putain ! » et des « bordel ! » qui jettent parfois un froid dans l'assistance. Mais je n'ai rien de vulgaire et je ne suis pas une salope ; c'est tout le contraire. Les gros mots, ça m'est venu il y a longtemps, au collège. On était un groupe de petites pétasses excitées ; c'est de leur faute, c'est sûr, ça vient de là. Et depuis c'est resté. On ne va pas en faire une montagne. Des mots comme ça aujourd'hui, tout le monde les dit, les jeunes en tout cas. Pas ma mère, c'est sûr. Elle, elle se mord les lèvres et étouffe dans sa bouche la fin du « vachem… » qui voulait sortir. « Vachement », franchement, y a pas de quoi choquer un évêque ! Eh bien « vachement », c'est un peu comme « merde » et « putain » au troisième millénaire, c'est rentré dans les mœurs. Cela me fait penser à une histoire que je viens de lire dans un livre, un livre très sérieux (ne pas faire d'erreur sur ma personne : je suis, aussi, une fille très sérieuse). Au Moyen Âge, ils n'avaient pas ces problèmes, ils appelaient une bite une bite et un cul un cul. Enfin, pour bite je ne sais pas, mais pour cul c'est sûr.

Voilà l'histoire. Les femmes ne devaient pas se contempler dans un miroir, c'était un péché de vanité. Celles qui franchissaient l'interdit croyaient voir leur image mais elles se trompaient. Les pécheresses étaient face à Satan, un Satan pas de face, elles voyaient « le cul du diable ». Quand j'ai lu ça, ça m'a fait un choc ! Le « cul du diable » ! Une sorte de révélation venue des profondeurs du passé ; même si je mélange un peu les significations. Parce que moi, je n'ai aucune vanité face aux miroirs, je les évite, je les déteste. Lorsque je ne peux m'empêcher de m'y voir, c'est tout de suite mon derrière que je regarde. Un derrière infernal, source des pires souffrances, que même Dante n'aurait pu imaginer. Le cul du diable !

Depuis ce jour (une lecture parfois, c'est incroyable ce que ça peut changer la vie), ma petite mythologie ambulante s'est enrichie de nouvelles images démoniaques, la méchante fée a trouvé les mots qui me font encore plus mal.

« Eh ! Regardez ! Le cul du diable ! »

Mes fesses ont pris une dimension luciférienne.

Quant aux mecs d'un soir qui se succèdent (pas si nombreux que ça quand même, faut rien exagérer)… comment dire… Ce sont des sortes de colocataires de passage. Des colocs intimes bien sûr. Je partage leur lit. Et nous faisons… je n'ai pas envie d'appeler cela l'amour. Disons qu'ils me font des choses, ils sont gentils avec moi. J'aime bien. Sans plus. Changer de logement de cette manière, c'est commode et pas désagréable, je suis une touriste d'un nouveau type, ça dépayse un peu. Pas trop. Car la fille organisée avec son baluchon pose dès le début ses principes (si ! si ! je suis une fille à principes). Deux grands principes : départ après le café pour être à 9 heures au taf, et obscurité obligatoire pendant le dodo-câlin. Je zappe les mecs mais ma vie conjugale a déjà ses routines.

Voilà la pire erreur sur ma personne : on me prend à tort pour une couche-partout, une fille sans pudeur, sans morale. De la pudeur, j'en ai à revendre ! (Pourquoi croyez-vous que j'exige l'obscurité pendant la mise à nu ?) De la morale, c'est cela et rien d'autre qui me fait vibrer ! J'aspire à du parfait et du grandiose, à des élans de l'âme qui te transportent dans un au-delà de beauté, de soleil et de douceur. Planer sans substance (même si un petit mojito de temps en temps ne fait pas de mal), décoller par l'émotion, juste par l'émotion. Je suis une romantique, bordel ! Une vraie romantique. Une romantique qui rêve. Je rêve tout le temps. Je rêve au Grand Amour. Oui, oui, oui, vous avez bien entendu, je rêve au Grand Amour. Les mecs de passage ne comptent pas, ce que je veux c'est être touchée au cœur. Il n'y a rien de plus énorme, surtout dans cette société pourrie de chez pourrie. La vie ne mérite vraiment d'être vécue que pour ça, l'aventure merveilleusement merveilleuse, quand les douces ailes du sortilège nous arrachent à nos semelles de plomb. Dernière erreur à éviter, malgré mes grossièretés et mes jurons, j'adore les mots qui chantent. Je suis la fille qui rêve et qui aime la poésie. La poésie qui n'est pas dans les livres. La vie est une musique pour qui sait l'entendre.

J'aime aussi les contes de fées, beaucoup-beaucoup, j'ai toujours aimé les contes de fées. Ils nous montrent le chemin des merveilles merveilleuses, là où l'air est rose et les frayeurs légères. Il n'y a qu'à se laisser guider. Parfois, c'est vrai, ça se gâte un peu, il y a des personnages très noirs, cruels, dégueulasses. La méchante sorcière qui vient ricaner sur mes fesses. Je la balaye la sorcière, et me bats comme une Cendrillon déchaînée pour remettre dans le film les couleurs de l'extase, les pincements du bonheur. Amour, Grand Amour. Les contes aident à rêver plus fort, pour avoir l'audace de rompre avec l'ordinaire. Et je romps souvent, pour de folles histoires avec mes princes. Beaux, grands, musclés, lumineux, superbes. Je sais, c'est ridicule. Merde ! Laissez-moi rêver comme je veux, bordel ! Il n'y a pas de mal à se faire du bien, et je ne fais de mal à personne ! Je suis la fille qui rêve et c'est comme ça que je suis connue sur la Toile, c'est mon pseudo d'ailleurs, *Lafillekirev*. J'ai même ouvert un blog, avec plein d'images qui te transportent dans la beauté totale, un blog où pas une seule fois (c'est incroyable !) je n'ai écrit le mot « bite » ou le mot « cul ». Quand je suis avec mes princes, j'arrive à contrôler mes écarts de langage. C'est peut-être pour ça qu'il n'a pas beaucoup de succès, mon blog. Lena me l'a dit froido : « Charlette, il est super-chiant ton blog, super-chiant ! C'est pas toi ça. »

Lena, elle m'appelle toujours Charlette. Moi, c'est pas Charlette, c'est Charlène, CHAR-LÈ-NE ! Et puis mon blog, c'est mon vrai monde à moi, la fille qui rêve. Sans doute qu'il n'y a plus personne qui rêve, je suis la seule, la dernière ; le romantisme et la poésie sont morts. Parce que sur le compteur instantané (j'aurais jamais dû mettre ce satané compteur), les chiffres sont à hurler de désespoir : 3… 2… 4… visiteur(s). Heureusement qu'ils ont prévu un « s » entre parenthèses. Parce que des fois, c'est même 1, ou 0. Pas terrible pour croiser un jour la route de monsieur mon prince en chair et en os !

Lena a créé un blog très différent du mien, un blog qui n'est pas vraiment un blog, un « blog communautaire » comme elle dit. *Des vertes et des mûres*, le « Blog communautaire des nanas no limit ». Il y a plein de billets invités et des commentaires dans tous les sens. J'y vais parfois, mais Lena voudrait que je devienne une régulière.

« Ça manque de "putain !" et de "couilles molles !", c'est toi la meilleure là-dessus. Et puis ça te sortirait de tes conneries de prince charmant. Nous, on n'a pas ta folie, on a besoin de toi pour péter le feu ! T'es la déesse de la provoc, Charlette, bordel ! »

2.

Des vertes et des mûres

La déesse de la provoc ! À défaut d'être la déesse du glamour, tout compliment est bon à prendre. Donc je prends. Mais Lena se trompe. La provoc c'est juste un style. Le numéro qui m'a fait artiste, mes petits succès, mon habit de lumière. Sans lui je ne serais rien. À poil. Avec mon gros derrière.

J'avais été chez Lena, rue des Blancs-Manteaux. C'est joli ce nom, rue des Blancs-Manteaux. Mieux que rue Adolphe-Thiers, ou de la 2e Division Blindée. On se sent bien chez Lena, comme dans un manteau tout doux, tout chaud. Lena, je l'adore, je ne peux rien lui refuser. Même… Si un jour… J'ai l'impression parfois qu'il y a des ondes qui s'embrassent quand nos peaux se frôlent. J'ai l'impression aussi qu'on joue toutes les deux un peu à ça. On s'approche du vide pour se faire peur. Mais on n'a jamais sauté. Ne serait-ce qu'un saut de puce. Pas une seule caresse de travers.

On s'était mises dans le lit – tout doux, tout chaud. Habillées. Sous la couette. Le Mac posé sur les cuisses (une cuisse chacune). La cuisse gauche pour Lena vu qu'elle est gauchère. Super commode. On écrivait à deux. En pensant comme une seule. L'une commençait une phrase et l'autre la finissait. Il n'y a qu'au début qu'on n'a pas été d'accord. À propos du pseudo. Lena voulait du hard, du cru, du salé. Donc mon ancien nom sur son site (*Vaginvengeur*) lui convenait très bien. Moi je commence à en avoir un peu marre de tout ça, et je rêvais d'autre chose. La déesse de la provoc refuse d'être enfermée dans son rôle, un médiocre second rôle de série B. Elle vise les sommets, rien moins, la Palme d'Or, bordel ! Et puis d'abord, elle veut être elle-même. Moi, je veux être MOI. Sinon, je le sens, il y a un risque grave pour que je ne m'y retrouve plus du tout entre mes mille vies bizarres. Il est grand temps de jeter une ancre au centre de mon existence.

Ce n'était évidemment pas le meilleur moment. Pile quand Lena, ma si douce Lena – tout contre moi dans le lit chaud – me demande de l'aider en ajoutant des « putain ! » et des « couilles molles ! », je pique ma crise d'ado ! Lena prend soudain un coup de nerf, qui la fait bondir et déclencher les ressorts du sommier. Elle donne même une violente claque à la couette. Notre vaisseau-plumard est entré dans la zone des tempêtes.

« Putain ! C'est pas vrai, merde ! Tu veux pas non plus qu'on ajoute : la fille qui rêve au prince charmant ! Va te faire enculer, prince charmant de mes couilles ! »

Visiblement, Lena était très énervée. (Elle était sur le point de battre mes records de grossièretés.) Il fallait calmer le jeu, trouver un compromis.

— Mais tu vas avoir tes « bites » et tes « couilles »,

Lena ! Je veux juste, JE VEUX JUSTE, changer de pseudo. J'ai envie de *Lafillekirev*.

— *Lafillekirev*, n'importe quoi ! Pourquoi pas *Lafillekirevoprincecharmant* pendant que tu y es ?

— Lena, juste un changement de pseudo, un petit changement de pseudo, *Lafillekirev*, et qui parle de couilles et de bites !

— Alors, si elle parle de bites, c'est d'accord. Tope là, fille qui rêve !

Le lit s'était calmé, nous étions rentrées au port. Il y a eu un léger silence, chacune reprenait sa respiration, cherchant à comprendre comment nous en étions arrivées à élever ainsi la voix. Je retrouvais mon souffle mais pas mes esprits. Pourquoi avais-je eu cette impulsion étrange ? Cela était venu d'un coup, des tréfonds. Et je me trouvais maintenant en terre inconnue, dans une situation curieuse. Jusque-là, j'avais toujours cloisonné mon existence. *Lafillekirev* rêvait dans son univers, où elle ne rencontrait que des ombres. Charlène poursuivait, par derrière interposé, son dialogue infernal avec sa fée méchante. La reine de la nuit avait des troupes d'amis d'un soir. La déesse de la provoc, alias *Vaginvengeur*, sévissait par intérim sur la Toile. Etc., etc. Il y aurait bien d'autres vies encore à raconter, avec ma mère, à l'agence, etc., etc. Encore plus différentes. Mais ce serait trop long et ennuyeux. Bref, je cloisonnais total.

Sauf peut-être entre la reine de la nuit et la déesse de la provoc. Là c'est un peu mélangé. J'ai mes groupes d'amis d'un soir pour la teuf. Ça fonctionne un peu à tout, Twitter, Facebook et compagnie. Mais la fille organisée, en plus de la fête, cherche aussi le gîte et le couvert (pour le petit déjeuner) avant de filer au boulot juste à côté le lendemain matin. Or elle a très peur de s'attacher (elle ne veut pas d'une liaison à la petite semaine, elle veut seulement le Grand Amour). Donc elle évite les récidives avec un mec régulier. (Elle se méfie même avec Mat, chez qui c'est pourtant parfois juste dodo sans câlins.) Alors il arrive que la ressource hôtelière se tarisse. Eh oui, c'est la crise du logement, ma pauv'dame ! C'est pour cela que *Vaginvengeur* entre en scène, et lance ses provocs à coups de bites sur le site de Lena. Les matous en raffolent. Une souris comme ça ne laisse pas de marbre ! Dès qu'ils sont accrochés, je lance ma question-surprise :

Lafillekirev : Où t'habites, ma bite ?

Calembour limite, je sais (Lena adore), mais je ne peux pas m'en empêcher. Passons. Souvent ils sont surpris, ils veulent savoir pourquoi je demande ça. Quand l'adresse est bonne, je leur explique le plan sans détour : la fête, la chambre chez l'habitant, le café, le départ pour le taf à 9 heures (l'obscurité je demande plus tard). Et le plus souvent ça marche sans problème. Sans problème ou presque. Parce que, après toutes ces bites en folie, ils sont un peu déchaînés et s'attendent à des 14 Juillet. Mais je bosse à 9 heures moi, monsieur ! Et faut que je sois en forme pour le travail ! Et on s'est couché tard en plus, après avoir pas mal bu des choses fortes. Alors, on se calme, on se calme ! OK câlins, mais moi, un petit gros dodo je veux. À ce moment, il n'est pas rare qu'on assiste à une sorte de choc des civilisations. Membres agités et ronchonnements libidineux contre la molle sérénité du corps s'engloutissant dans les lourdes profondeurs. Croyez-moi, le sommeil peut briser bien des élans tenant haut l'étendard.

Mais je m'égare, revenons au fait. Je disais que mon étrange impulsion avait rompu un cloisonnement. *Lafillkirev* n'avait jamais entretenu aucun commerce avec cette délurée fêtarde. Elle était mon moi secret, ma vérité de légende. D'un coup je la jetais dans l'arène, ma pauvre petite Cendrillon, au milieu des bites en folie. Mon dieu, mon dieu ! Qu'avais-je donc fait ?

C'était l'heure d'affluence sur le blog. Lena décida de lancer un nouveau topic. (Sans me demander mon avis.) La question était brève et faussement allusive : « Plus c'est long, plus c'est bon ? » *Roussette* ouvrit les hostilités.

Roussette : Y en a ki disent ke ça compte pas. Mon œil ! Un zizi d'oiseau te remplit pas de béatitude.

Missgrobonnets : La béatitude, c'est pour les bonnes sœurs.

Lafillekirev : Mais la beat-attitude, pardon, la bite-attitude, c'est pour les nanas no limit !

Missgrobonnets : Génial ton nouveau concept, *Lafillekirevobites* !

Lena était pliée de rire. « Houhiiii !! On le tient ton pseudo, Charlette, trop génial ! *Lafillekirevobites* ! »

J'étais consternée. Mon dieu, mon dieu ! Qu'avais-je donc fait ? Je regrettais déjà ce nouvel affreux mélange que je sentais en moi, je rêvais d'être plus fille-qui-rêve que jamais, pauvre petite Cendrillon égarée dans un bordel. Pas le temps de réfléchir, c'était trop tard, les posts s'enchaînaient.

> *Poupée d'amour* : Pas d'accord avec toi, *Roussette*. Et ça veut dire quoi, plus c'est long ? Long en longueur ou en durée ? On s'en fout du zizi d'oiseau pourvu ki chante comme Mozart une symphonie fantastique.

> *Lafillekirev* : C'est de Berlioz la SF.

> *Missgrobonnets* : Et la bite-attitude SM, c'est de moi.

Lena ne riait plus. Elle était furieuse de chez furieuse. Déjà, elle n'aimait pas trop *Missgrobonnets*. Le blog était communautaire, ça voulait dire qu'il était fait pour les nanas. Pas fermé aux hommes, pas du tout, au contraire. Mais on essayait d'éviter qu'ils ramènent leurs fantasmes lourds de chez lourd. On était les nanas no limit qui voulaient mener la danse. *Missgrobonnets*, elle nous foutait le bordel, elle les déclenchait direct, les fantasmes lourds, putain ! On n'est quand même pas des putes ! En plus, elle faisait tout déraper dans la déconnade ado. Sa bite-attitude SM, c'était typique. C'était n'importe quoi et c'était typique douze ans. Lena ne voulait pas de ce genre de blog à la con. Elle voulait « mettre du contenu ». (Là, j'ai eu une grosse envie de pouffer de rire, parce qu'elle me répétait ça avec une mine sérieuse de chez sérieuse – fallait la voir !) J'avais envie de rire, mais elle avait raison, Lena. On devait « mettre du contenu ». Justement, j'avais quelque chose à raconter, qui me semblait pouvoir enrichir le débat.

Lafillekirev : Long dans la durée c'est pas à mon avis forcément toujours le pied total. Les filles, accrochez-vous, je vais vous raconter un truc incroyable qui m'est arrivé. Une histoire de bite incroyable. Le Monsieur, on va l'appeler *Pain de Sucre* (le Pain de Sucre c'est un gros rocher tout raide droit vers le ciel à Rio, dressé là sans bouger depuis des millions d'années). Donc le Monsieur, *Pain de sucre*, ne tarda pas à m'exhiber sa fierté (elle devait fatiguer, la pauvre, toute repliée dans son petit slip). Superbe, impressionnant, rien à dire, bravo l'artiste ! Le problème, c'est un peu comme les seins trop refaits à coups d'over-doses de silicone. Ça finit par être si raide que ça paraît sans vie. Eh bien, le Monsieur, *Pain de Sucre*, vous allez pas me croire, mais j'ai astiqué sa chose pendant des heures, dans tous les sens imaginables, avec la conscience professionnelle de celle qui fait le job jusqu'au bout. Vous allez pas me croire : pas une goutte de jus n'est sortie. Au petit matin, j'étais morte de chez morte, et le pic était toujours dressé là, désespérément toujours aussi raide et sec. *Poupée d'amour* : quand c'est long, c'est bon, d'accord, mais y a des limites quand même !

Missgrobonnets : Faut pas te fatiguer comme ça, *Lafillekirev* ! T'aurais dû te dire ke t'avais un sextoy pas en plas-tique sous la main, toujours prêt à fonc-tionner quand t'avais envie. Super commode, l'homme-sextoy ! Tu me donneras son adresse !

Elle plaisante ou quoi *Missgrobonnets* ? Elle veut que je lui file l'homme-sextoy ? Ou bien cet autre, là, *Apollon29*, en train de se vanter de la longueur de son truc sur le chat ! Et puis qui encore ? Elle dit ça pour déconner, ou elle a vraiment le feu aux fesses ? C'est pas que je veux les garder pour moi, ça m'intéresse pas ce genre de marchandise, je n'ai pas le feu aux fesses, moi (mes fesses, si elles prenaient feu, avec toute cette graisse, ça ferait un drôle d'incendie !), je suis juste la fille organisée *Bed and Breakfast*. Et pour le meilleur, la fille qui rêve. Pas la fille qui rêve aux bites, putain, non ! Ça, c'est de la connerie de chez connerie, typique *Missgrobonnets*. La fille qui rêve, elle rêve à un prince, si merveilleux qu'il imaginerait un monde rien que pour elle, et qu'il la rendrait belle. Trop belle la fille qui rêve ! Légère. Légère, très légère surtout. Une fille sans fesses. Une vraie fée, sans fesses, aérienne.

J'étais partie dans mon rêve. Oubliée *Missgrobonnets*, oubliée Lena, et toutes ces histoires de bites que j'avais pourtant moi-même introduites. Le regard vers l'intérieur, bercée par mes nuages, je voyais de loin les messages s'enchaîner. Un post pas comme les autres s'adressait à moi en particulier. Quelqu'un me demandait à quoi je rêvais. Mes doigts répondirent sans penser, décrivant le paysage qui était dans ma tête. Je rêvais à un monde tout rose, tout doux, à une fée sans fesses, à des envols lumineux. (La fée sans fesses, je n'en ai peut-être pas parlé, mon problème de fesses, je le garde pour moi.)

Mes doigts avaient répondu sans penser, et mes pensées maintenant se sentaient mal. Barbouillées, nauséeuses. C'est pas bon les mélanges, pour les alcools comme pour les pensées. J'avais tout mélangé, trop mélangé. Mes histoires de bites et mes rêves. Lena m'avait fait venir pour parler couilles (quoique, en « mettant du contenu » ; pas très claire elle non plus, Lena), et voilà que je lui ressortais tous ces princes et toutes ces fées qui l'énervent. On venait même de frôler la grosse crise ; Lena avait frappé la couette avec tant de colère ! Je ne veux pas me fâcher avec Lena, jamais, je voudrais que nous soyons toujours très gentilles ensemble, dans notre petit monde à nous, tout rose, tout doux, tout chaud.

3.

« D'accord »

Et puis merde ! Merde et merde et merde à la fin !
Si on ne dit jamais rien quand on a envie de dire, on
garde pour soi et rien ne se passe dans la vie. On
reste les passagers débiles d'un voyage nul de chez
nul. Genre voyage organisé trucmuche. Organisé par
une agence pourrie. La société est pourrie jusqu'à la
moelle. Et personne ne hurle, personne ne hurle ses
rêves, bordel ! Alors laissez-moi les hurler si j'ai envie,
quand j'ai envie.

Lena était restée silencieuse pendant mon dialogue
intérieur. Elle aussi, ça devait s'agiter dans son crâne.
Mais elle disait rien. Elle a pointé son index sur un
message en me regardant. Ah ce regard ! Il y a des
regards qui disent rien ou pas grand-chose (on fait
semblant de vous regarder mais on est parti faire une
sieste en douce). D'autres qui sont brûlants de présence et d'intensité. Lena me pénétrait. Je ne comprenais rien à ce qu'elle voulait me dire, mais je la sentais
incroyablement proche ; en moi. Elle a de nouveau
pointé l'index, appuyant (nerveusement ?) sur l'écran,
un petit sourire (réprobateur ? narquois ?) à un coin

de ses lèvres (l'autre coin ne souriait pas). C'était *Apollon29* qui me répondait.

> *Apollon29* : Moi aussi je rêve exactement comme vous. Je suis un peu artiste.

> *Poupée d'amour* : À qui tu parles, *Apollon* ? Pourquoi tu dis vous ?

> *Apollon29* : Je m'adresse à la fille qui rêve.

Qui c'est ce bizarre ? Il arrive de quelle planète, ce mec ? Il te dit « vous », cet aristo grand siècle, et il t'écrit ton pseudo comme si c'était une phrase, genre reçu premier au concours de l'Académie française. Et puis, c'est *Popollon*, n'oublie pas, me souffle *Missgrobonnets* (la salope, c'est parce qu'elle se le veut pour elle), *Popollon29*, ce vantard, ce macho. Ça colle pas tout ça, drôle de mec ! Qui dit qu'il rêve comme moi. Et pour couronner le tout, un artiste. Enfin, UN PEU artiste, il précise. Nuance. Mais un peu artiste quand même. Un artiste qui rêve, putain ! Perdu parmi ces excitées de vertes et mûres. Le minimum de curiosité pousserait n'importe qui à voir ce que ça cache tout ça. Sans que *Missgrobonnets* foute son bordel comme d'habitude. Alors, l'artiste, je l'invite à venir tchatcher dans le salon privé, rien que nous deux. Lena me regarde fixement. Bien fixement, en se reculant légèrement. Là, je capte le message, aucun doute possible. Son œil est noir, incrédule, réprobateur. Dans quelle étrange aventure je suis en train de m'empêtrer, bordel ? Et puis, qui c'est ce mec finalement ? J'avais envie de lui poser des questions mais je ne les trouve plus, elles se sont évanouies dans les brumes. Pourquoi pas, à défaut, la question rituelle ? Pourquoi pas tout simplement un *Bed and Breakfast* pour voir qui c'est ce drôle de mec. Le voyage promet, qui sait, d'être exotique.

> *Lafillekirev* : Où t'habites ?

> *Apollon29* : 19 rue des Petits-Lapins.

Bizarre, décidément vraiment bizarre, ce mec. On le questionne et il répond comme s'il était au guichet de la poste ! Pas du genre bavard, l'artiste. Je sais, moi non plus ma question n'était pas très bavarde. Je n'avais même pas ajouté ma petite plaisanterie débile habituelle. Elle aurait dû le surprendre, ma question, l'inciter à savoir pourquoi je demandais ça. Non, monsieur, il trouve ça normal, il ne dit rien d'autre, et il me donne son adresse parfaite ; ne manque que le code postal !

Mais son adresse, son adresse ! Putain de putain ! Incroyable ! Génial ! Rue des Petits-Lapins ! La rue de l'agence, pile la rue de l'agence !!! Cela ne m'était jamais arrivé une chose pareille. « C'est le destin qui vous fait un clin d'œil, ma brave dame ! » Je n'aurai même pas à partir trop tôt, 9 heures moins 5 ça suffira. La grasse matinée quoi ! Une adresse pareille, ça ne se refuse pas ! La fille *Bed and Breakfast* en préparerait presque déjà son baluchon.

J'avais choisi. Autant je suis rêveuse, autant je me décide d'un coup quand je me décide. Depuis quelques minutes, j'étais chahutée au centre d'un trio, en discussion (bizarre) avec le mec, en discussion (visuelle) avec Lena, et en discussion (vaporeuse) avec moi. J'avais tranché, sans hésitations, sans remords. Pas gênée la nana ; j'ai même eu le culot de demander une info à Lena.

— La teuf de demain soir, la truc de Flavie tu sais, la truc 1900-je-ne-sais-pas-quoi, c'est bien demain ? C'est où ?

— Chez Flavie, chez ses parents dans le XVIIIᵉ, ils ont laissé leur appart. C'est pas 1900, c'est « Dandys et dentelles », on s'habille chic-décalés, sexy-distingués. Je croyais que tu devais pas venir, je croyais que Flavie c'était la dernière des connes. Alors mademoiselle Charlette a changé d'avis ? Elle frou-froute ses dentelles pour son Apollon ?

— Merde ! Fait chier Lena ! Je m'en fous d'Apollon. Il habite rue des Petits-Lapins, c'est tout.

— Le chaud lapin rue des Petits-Lapins, c'est là qu'il habite, la grosse bite !

— Nulle Lena, nulle ! T'es pire que *Missgrobonnets* ou quoi ? Nulle !

J'ai mis l'ordinateur sur mes deux cuisses, et me suis poussée à en tomber tout au bord du lit, le plus loin possible de Lena. Elle avait disparu de mes pensées. J'étais avec lui, uniquement avec lui. Qui, lui ? *Apollon29* ? L'artiste un peu artiste ? Plutôt l'heureux occupant du logis sis 19 rue des Petits-Lapins. Le message n'était pas simple à rédiger, mais la petite brouille avec Lena m'obligeait à poursuivre. J'avais décidé. Toute marche arrière était devenue impossible.

Lafillekirev : Qu'est-ce que tu fais demain soir ? Il y a une fête très sympa chez

une copine, pas loin de chez toi. On pourrait
y aller pour boire un verre et causer un peu.

Apollon29 : La fête se déroule à quelle heure ?

Comment à quelle heure ? Une fête c'est justement
une fête, bordel ! No limit ! Quel mec vraiment
bizarre, bizarre-bizarre, cet Apollon l'artiste ! Il ne
dit ni oui ni non, il ne pose pas de questions, il dit
pas le moindre petit truc marrant. Non, monsieur,
dans son style administratif impayable, me demande
les horaires ! Après la poste, la SNCF maintenant !
J'avais envie de lui répondre : « Eh, c'est une teuf,
ducon ! Une teuf bordel ! On s'éclate ! On s'éclate
no limit, pas la montre au poignet ! » Mais dieu
seul sait pourquoi je suis restée toute sage, une petite
fille bien élevée. Peut-être à cause de Lena, qui aurait
crié victoire si elle avait entendu « Quel con ! ». Peut-
être à cause de lui, le con-bizarre-artiste. Peut-être,
sans doute, parce qu'il habite au 19 rue des Petits-
Lapins.

Lafillekirev : Flavie a dit qu'on pouvait
commencer tôt, vers 9-10 heures pour ceux
qui veulent, mais ça risque de finir tard. La
grosse fête toute la nuit !

Apollon29 : C'est dommage, je ne pourrai
pas venir, je me lève très tôt le matin.

Un mec qui se vante sur le Net d'avoir un gros
machin et qui se défile dès qu'une fille l'invite ! Et
un artiste qui se lève tôt, bizarre ! Une seule chose
acquise : il est économe en mots, le mec Apollon !

S'il parle comme il écrit, il ne doit pas trop se fatiguer les cordes vocales ! Par contre, le lever tôt ne me dérange pas, au contraire même, ça m'arrange pour être à l'heure au boulot.

Avec tellement de bizarreries, j'aurais dû laisser tomber. D'autant que je n'avais jamais expérimenté un *Bed and Breakfast* sans fête auparavant. Le coup du *Bed and Breakfast*, c'est surtout pour la fête avant ; l'important c'est la fête. Qu'est-ce que j'allais foutre avec ce mec s'il n'y avait pas de fête ? On allait se coucher à 9 heures ? Regarder la télévision ? Il ne manquerait plus que les charentaises ! Ça ne m'est jamais arrivé un truc comme ça.

J'attendais. Pauvre fille qui rêve. J'attendais, solitaire, dans le salon privé. J'attendais qu'au moins il me propose quelque chose. Au moins, je ne sais pas, d'aller prendre un verre. Hélas il était moins que bref. Muet ! Aucun message ne s'affichait sur l'écran. Je voyais Lena, l'air de rien, surveiller de loin ce drôle de manège. Soit j'abandonnais tout, je m'avouais vaincue ; au diable ce con d'Apollon ! Soit je continuais coûte que coûte (et ça me coûtait, bordel !) et il fallait que je prenne l'initiative.

    Lafillekirev : OK. Moi aussi je me lève
    tôt. Mais on pourrait se prendre un verre si
    tu veux ?

    Apollon29 : D'accord.

Retenez-moi, je frôle la crise de nerfs, là ! Il n'est pas capable d'enchaîner plus de trois mots, l'artiste ? « D'accord » ! Tu parles ! Où ? Quand ? Quoi ?

Comment ? De nouveau j'attendais, solitaire, dans mon salon privé désert. Froid et désert. Nous étions partis pour battre le record du chat le moins bavard du monde, bordel ! Et Lena qui continuait à m'observer en coin ! J'étais piégée, obligée d'avancer encore, seule dans cette tempête de merde de rien du tout. Il était rien du tout en plus ce mec, bizarre, muet, sec. Rien. J'étais attirée par un truc où rien ne m'attirait. Et je continuais à avancer !

Lafillekirev : Il y a un bar à l'angle de la rue des Petits-Lapins. Je connais, je travaille à côté. Il s'appelle le « Bar du coin » je crois. C'est pas très original comme nom, et c'est pas terrible comme bar. Mais c'est commode. On pourrait se retrouver là ?

Apollon29 : D'accord.

Lafillekirev : Je termine à 6 heures. À 6 h 30 ?

Apollon29 : Non, désolé, j'ai mon sport à cette heure-là. Mais à 8 heures j'ai fini.

Lafillekirev : Alors à 8 heures ?

Apollon29 : À 8 heures, d'accord.

Enfin il avait réussi à exprimer quelque chose ! Un minuscule microscopique quelque chose, négatif en plus ; un refus. C'était quand même mieux que ce silence mortel, que ces « D'accord » secs de chez sec ; au moins il était vivant ! Donc il disait oui, mais il ne voulait pas déranger ses petites habitudes. Bon, moi aussi d'une certaine façon j'ai mes habitudes, mademoiselle *Bed and Breakfast* part pour 9 heures tapantes le matin. Mais c'est l'heure du boulot, j'y peux rien. Lui, c'est son sport qu'il ne veut pas déplacer. Pour un rendez-vous, un rendez-vous quand même, bordel ! Putain, le pépère ! L'artiste-pépère, l'artiste qui fait du sport : encore des trucs bizarres, qui collaient mal, ça allait dans tous les sens. Le locataire du 19 rue des Petits-Lapins prenait de plus en plus la forme d'un point d'interrogation. Mais qui c'est ce drôle de mec ? Il n'y a qu'un truc en fait qui « faisait sens » comme aurait dit Lena : le sport collait avec l'Apollon. Un mec du genre muscle. Moi, j'étais partie à l'opposé dans ma tête. J'avais même pas flashé sur l'Apollon, pas pensé au muscle, pas du tout. C'est l'artiste qui avait déclenché mon rêve. Pourtant, j'aurais dû noter, dans ses pauvres mots, il avait posé une réserve. UN PEU artiste, il avait dit. Un « un peu artiste » qui faisait du sport et qui voulait pas que je foute le bordel dans ses petites manies. La fille qui rêve se noie trop souvent dans ses brumes. Enfin ! On verra plus clairement tout ça demain.

À propos de demain, je réfléchis à mon baluchon. Pas question de me reprendre la honte de l'autre matin avec Mat ! Il fallait que je vérifie mes vêtements. D'ailleurs, pourquoi prévoir un baluchon ? Il n'y avait pas de fête, on allait juste dans un bar minable. Pas besoin de me déguiser en Lady Gaga ou en Princesse de Monaco. Mon jeans pour le taf ferait l'affaire. Il suffisait de prévoir un slip de rechange et une brosse à dents et glisser tout ça dans mon sac à main. À l'intérieur d'une pochette pour éviter les petites catastrophes. Comme ce string accroché à mon cahier à spirale qui avait failli un jour atterrir au milieu de l'agence ! Désormais la fille *Bed and Breakfast* est super organisée.

4.

Le petit drame du mojito

Tout cela a donc été vite préparé. Et je suis partie de chez moi, le cœur gai, pour mon drôle de mini voyage exotique, programmé cette nuit-là, au 19 rue des Petits-Lapins. Enfin, pas si gai que ça, mon cœur. Étrange sensation d'ailleurs. Autant je flippe pour mes fesses, autant je suis comme un poisson dans l'eau dans les fêtes, ou dans mon système *Bed and Breakfast*, qui en surprend pourtant plus d'un. Mais là, ça n'était pas pareil. D'abord il n'y avait pas de fête. Le *Bed and Breakfast* direct, ça allait être sans doute un peu plus compliqué à organiser. Normalement, le mec, après les verres de la fête, il propose d'aller boire un autre verre chez lui. C'est la formule magique, ça veut tout dire, « Tu montes prendre un verre ? ». Si tu réponds oui, c'est pas seulement pour prendre un verre, c'est clair. Moi je m'en fous que ce soit verre-et-plus-si-affinités, du moment qu'il y a le gîte et le couvert. Mais j'ai bien dit : NORMALEMENT. Or question normal, *Apollon* c'était pas du tout ça, pas du tout. Ce type il était bizarre, bizarre-bizarre, zarbi total, l'*Apollon*.

Donc je n'étais pas comme d'habitude, pas vraiment stressée, mais pas vraiment cool non plus. Avec des tas de questions dans la tête au lieu de me laisser aller. La photo aurait dû NORMALEMENT arranger tout cela. Or c'est le contraire qui se passa. Je vous l'ai dit, je nageais dans quelque chose qui avait l'air ordinaire (prendre un verre, au bar du coin, juste à côté), avec un mec qui avait l'air ordinaire (tendance mou et pas bavard), mais qui en fait n'était pas normal. La photo aurait dû me booster au contraire, donner de l'envie, du peps. Elle m'assena un grand coup de trouille et me remit mes fesses dans la tête. Va-t'en, bordel, maudite sorcière ! Le cul du diable et ses cauchemars d'enfer étaient de retour.

La photo, il faut que je vous explique. On s'était donné nos numéros de portable. Logique, c'est plus sûr pour ne pas se rater à une date. J'avais ajouté :

```
Lafillekirev : Je t'envoie une photo de
moi par MMS ; tu fais pareil ? Même si y a pas
grand monde au Bar du coin, c'est plus
commode.
```

Il avait dû me répondre « D'accord » (ce mot-là il connaît !). Je sais, c'est encore moi qui avais demandé, pas lui (tendance mou-pas-bavard, je vous le répète). Je m'étais d'ailleurs dit (vu qu'il ne parlait pas, fallait bien que je parle à quelqu'un) que j'aurais dû lui demander la photo plus tôt, avant de lui proposer de prendre un verre. Décidément, j'étais dans un truc bizarre. Je lui avais envoyé la mienne le soir même. Avec mon sourire « c'est-moi-la-star ». Lui, Monsieur-le-mou-pas-pressé, c'est seulement dans l'après-midi qu'il m'a envoyé la sienne, à quelques heures du rendez-vous fatidique.

Mais alors là, les filles, accrochez-vous ! La surprise de chez surprise ! Le jackpot, le gros lot pour la petite fille qui rêve ! Putain de putain, waouh le mec ! Deux solutions : ou bien il avait découpé la photo dans un magazine de surfeurs, ou bien c'était lui. Et si c'était lui, vraiment lui, alors ça changeait tout ! Ça voulait dire que son nom, *Apollon*, c'était pas de la frime. Une statue grecque, un Michel-Ange. Encore mieux que Michel-Ange (parce que le David, il fait quand même un peu minet-doux-gentil). Lui c'est du lourd. Du gueule de chez gueule de vrai mec. Avec du regard sombre, qui vous pénètre puissance mille (Lena à côté, elle ne fait pas le poids).

J'aurais dû être ravie ; elle aurait dû sauter sur son petit nuage, la petite fille qui rêve. Eh bien non ! Pas du tout ! Vous n'y êtes pas. D'un coup, cette belle gueule too much lui avait remis ses fesses dans la tête. Jusque-là, je les avais presque oubliées, mes fesses. Cela m'était égal après tout, il pouvait penser ce qu'il voulait le mec mou-ordinaire de la rue des Lapins. J'étais partie de chez moi comme tous les jours, je n'avais pas fait d'exploits de maquillage. Nature, la nana. Habillée nature, avec un jeans que je découvrais maintenant bien trop moulant. Pas moulant à ne pas pouvoir l'enfiler le lendemain matin, mais moulant quand même. Les jeans moulants, c'est génial pour les fines. Pour les autres par contre… eh bien ils moulent, quoi. « Ça met en valeur les courbes », comme dit la vieille salope qui tient la boutique de fringues. Mes courbes, je ne veux justement pas les mettre en valeur, moi madame ! Je les planque comme je peux. Dans du ample (mais pas trop), du flottant, de l'uni. Je me montre toujours de face, incontestablement mon meilleur côté.

18 heures. Fin de mon job à l'agence. Me voilà à poireauter, avec pour seule compagnie la photo de mon Apollon sur mon téléphone. Un peu perdue d'un coup, la nana. J'étais dans un monde étrange, pas du tout comme d'habitude. Je tournais en rond, ma brosse à dents et mon string dans mon sac. Après trois léchages de vitrines (pas terribles les vitrines de la rue des Petits-Lapins), je me suis dit que je ne pouvais pas arpenter comme ça le trottoir pendant deux heures. Bien que je n'aie pas le look Pigalle, on pourrait croire des choses. « Je ne mange pas de ce pain-là, moi monsieur !… Non, moi, monsieur, c'est encore moins cher, juste *Bed and Breakfast*… mais seulement avec mon bel Apollon. » Stop ! Stop ! On arrête le délire, là ! J'hallucinais pire qu'avec un joint. Je me racontais des trucs de n'importe quoi, sortant d'une bouillie molle dans ma tête. Si molle la bouillie que je me suis retrouvée sur les Grands Boulevards sans l'avoir décidé. J'avais dû marcher comme une somnambule. Qu'est-ce qui avait provoqué ce drôle de machin ? Quand même pas l'Apollon, bordel ! Je m'en fous d'Apollon, c'est le locataire du 19 rue des Petits-Lapins qui m'intéresse. Enfin, je ne m'en fous pas vraiment. Mais pas de quoi se mettre de la bouillie dans la tête.

J'étais devant un magasin de chaussures. De super mignons escarpins vernis semblaient vouloir engager la conversation.

— Tu as vu comme nous sommes faits pour toi ? Tu imagines comme tu serais belle avec nous ?

— Mais je ne suis pas là pour acheter, je regardais juste en passant. J'ai bien d'autres choses à faire ! J'ai rendez-vous avec mon bel Apollon.

— Raison de plus ! Regarde tes vieilles savates ! Eh bien on peut dire qu'elles ont fait leur temps, celles-là ! Tu n'as pas honte de te présenter ainsi à ton bel Apollon ?

Putain, c'était vrai qu'elles avaient fait leur temps ! Pas gênée la nana de se présenter comme ça à un rendez-vous ! Même un rendez-vous *Bed and Breakfast*, il y a malgré tout des limites ! D'un coup je me voyais atroce de chez atroce, mes pieds avaient presque dépassé mes fesses dans le musée des horreurs. Il fallait que je fasse quelque chose, IMMÉDIATEMENT. Me balader ensuite avec un sac de courses ? Pas grave. En plus ça détendra l'atmosphère : « Moi monsieur, je ne me prends pas la tête, voyez, je vous rencontre, mais tout en faisant mes emplettes. » Par contre LA question, c'était talons *or not* talons ? Si ça devait être vraiment cool avec le monsieur, décontracté, sans manières, strictement *Bed and Breakfast*, des petits mocassins plats devaient faire l'affaire. Il s'agissait uniquement de corriger le tir des savates, hors d'âge à en prendre la honte. Les talons, c'est pas pareil. Ils ne font pas seulement voir le monde de plus haut. Déjà, voir le monde de plus haut, ce n'est pas qu'un changement de point de vue, ça donne de l'assurance. Mais en plus un talon, ça vous change complètement de l'intérieur. Tout ce qui est femme devient plus femme et se met à sonner comme une sirène de police. Une sirène qui fait toc-toc-toc sur le sol. Lena, elle dit que le talon fait tout ça parce qu'il galbe le mollet et qu'il remonte la fesse. Le mollet je prends, la fesse je reste perplexe. Remontée, elle accroche encore plus le regard, mais en même temps elle est moins molle, c'est certain. J'ai chassé ce problème sans réponse, car il y avait plus urgent à penser : talon *or not* talon pour mon bel Apollon ? De deux choses l'une. Ou bien je me préparais à un strict *Bed and Breakfast* avec le mec mou-ordinaire. Alors c'était mocassins. Ou bien… ou bien je ne sais pas quoi… je revoyais la photo… J'avais trop envie de ces escarpins, il me les fallait ABSOLU-MENT. Je ne sais pas si cela signifiait quelque chose.

Je les ai chaussés… toc-toc-toc… génial ! J'avais déjà la tête moins en bouillie et j'ai pu donc concentrer mes pensées sur mes fesses. Elles étaient plus hautes, plus dures. Mais d'un volume hélas inchangé, dans ce jeans hélas trop serré. Je n'allais quand même pas acheter une robe maintenant ! Mieux valait me concentrer sur la tactique. Il était 7 h 30. Encore une demi-heure à attendre. Pourquoi ne pas aller m'asseoir tranquillement au *Bar du coin* ? Inconvé-nients : ça ne se fait pas, une nana doit même arriver un peu en retard pour se faire désirer, et surtout, je raterais mon entrée toc-toc-toc avec mes talons. Avan-tage : je planquais mes fesses d'emblée, le cul du diable sur la banquette. Aucune hésitation possible, je me suis dirigée vers le café, sis à l'angle de la rue des Petits-Lapins.

Minable de chez minable, le bar du coin. J'étais obligée de me répéter qu'il n'y avait pas de problème vu que c'était pour un simple *Bed and Breakfast* (ma version officielle). Parce que question décor roman-tique pour un rendez-vous amoureux, on aurait été loin du compte, bordel ! Le bistrot quoi ! Le véridique bistrot-parigot-tête-de-veau. Malgré mes talons, cela me ramenait à la réalité, j'étais bien dans la version *Bed and Breakfast*, un point c'est tout. Seul détail agréable, et un peu surprenant, il y avait un grand « Mojito » peint au-dessus du comptoir. C'était pas écrit « bière » ou « pastis ». Uniquement « Mojito ». Je pense que c'est parce que le patron, il ne croyait pas qu'on puisse imaginer trouver cela chez lui. Il avait découvert le mojito, et il voulait dire qu'il savait faire. Cela tombait bien, j'adore le mojito. Et pour cette demi-heure à me morfondre sur une banquette pourrie dans l'attente d'une rencontre bizarre de chez bizarre, c'était exactement ce qu'il me fallait, un mojito :

— Et pour la p'tite demoiselle, qu'est-ce que ce sera ?

— Un mojito.

Merci pour la p'tite demoiselle ! C'est marrant cette manière d'ajouter des « petite », façon sympa, mais qui en fait vous diminuent. Encore heureux qu'il n'ait pas dit « la petite dame », ou « la petite mémère au gros derrière » ! Ça y est, je repartais à divaguer. La faute à Apollon aussi, qui me fait mijoter deux heures parce que, monsieur, il a son sport et qu'il veut pas changer l'horaire. Ça, c'était côté mauvais points. Côté bons points, il y avait la photo. Elle m'aidait à attendre, la photo. La photo et le mojito. Très acceptable d'ailleurs, vraiment honnête, ce mojito maison du bar du coin. Pas fort mais bon. Je devais avoir soif ; en cinq minutes, les deux tiers avaient disparu. *Damned !* Déconne pas Charlène ! La p'tite demoiselle va quand même pas en commander un autre et passer pour une alcoolo. Sans compter qu'il faut en laisser dans le verre pour l'arrivée d'Apollon. Sinon il va avoir l'impression que j'écluse un mojito par minute ! Il ne me restait plus qu'à attendre, impassible, la gorge à sec, face à ce tiers de mojito restant, de plus en plus horriblement tentateur. Quand on attend, ou quand on ne sait pas quoi dire, ou quand on s'emmerde, c'est ainsi, on suçote son verre pour s'occuper. On mouille les lèvres, au pire on avale une minuscule gorgée. Mais si ça dure un peu, le contenu finit quand même par diminuer. Et là il ne pouvait absolument plus diminuer. Donc je ne pouvais plus suçoter. Privée de doudou, quoi ! Le temps paraît encore plus interminable quand on est privée de doudou. Des idées de toutes les couleurs reviennent tourner en manège dans la tête, et escarpins ceci, et Apollon cela, etc. Merde à la fin ! Dans quel pétrin je m'étais foutue ! Qu'est-ce que je foutais là à attendre comme une conne ?

8 heures : personne. 8 heures 5. 8 heures 6. 8 heures 7. 8 heures 8. Putain, toujours personne ! Bordel de bordel de merde, bordel ! Après toute cette attente à la con, après avoir frôlé la mort de soif face à mon tiers de mojito, je n'allais quand même pas être la victime d'un énorme lapin rue des Petits-Lapins ! J'allais lui téléphoner quand il est arrivé. Enfin. Le choc ! Il était plus encore que sur la photo. Grand, énorme. Beau comme un prince charmant. Habillé comme un sac mais beau comme un prince charmant (d'habitude c'est la bergère qui est mal habillée au premier rendez-vous). Je lui ai fait un petit signe pour signaler que j'étais là, au fond, sur la banquette.

— Je suis désolé, je suis vraiment désolé, je ne suis jamais en retard d'habitude, vraiment je m'excuse.

— C'est pas grave.

Il avait parlé le premier, il avait parlé le premier ! Incroyable. Et c'est moi qui lui répondais en trois mots secs, pour dire un mensonge en plus. Évidemment que c'était grave, gravissime. Je le maudissais il y a quelques minutes, et soudain j'avais tout oublié ! J'avais tout oublié parce qu'il était là, en face de moi, beau, superbe ! Beau mais quand même un peu con, beau et con à la fois. Parce que s'excuser, c'est bien, mais dire bonjour c'est mieux. Et un petit bisou, c'est encore-encore mieux. Vraiment le minimum pour un genre de rendez-vous comme le nôtre. Eh bien non ! Apollon, il arrive, il s'excuse, et il s'assied, comme ça. Bon, bref, on va pas en faire un plat, on passe l'éponge. L'important c'est qu'il est magiquement à craquer. À en faire baver de jalousie toutes les copines. Quel dommage qu'il n'aime pas les fêtes ! Au bar du coin ça donne rien de se trimballer une splendeur pareille. Je m'imaginais déjà en soirée au bras de mon bel Apollon.

« Oh ! Regardez ! La fille qui rêve a trouvé son prince charmant. Comme elle a de la chance ! »

Mais il fallait sortir très vite du beau rêve. Car, après des départs prometteurs, la conversation n'avait pas progressé, et notre jeune relation était déjà menacée par un début de silence. Je fus obligée de reprendre l'initiative.

— J'ai pris un mojito, il est bon…

— Ah oui, c'est une bonne idée… Je peux avoir un mojito s'il vous plaît ?

Comment dire ? Apollon me faisait une drôle d'impression. Il ressemblait certes un peu à ses messages. Pas bavard. Pas marrant. Mais il dégageait quelque chose. Par sa seule présence. Pas par sa voix bien sûr, puisqu'il ne disait rien. Il avait par contre une présence. Monumentale. Il parlait par son corps. J'avais presque la sensation d'être touchée, alors qu'il

n'y avait même pas eu le moindre petit bisou de bien-
venue.

Le mojito est arrivé, super glacé – je voyais bien
qu'il était super glacé – alors que mon tiers restant
était devenu tiédasse. Mon téléphone a sonné (avec
ma grosse musique de fanfare : il faudra que je la
change). Il était dans mon sac. Sans doute au fond ou
je ne sais où, planqué quelque part, introuvable. Le
sac était par terre, au pied de la table, sur ma droite.
Je me penchai assez brusquement pour l'attraper. Je
ne peux pas expliquer ça mais, dans le mouvement,
mon bras gauche a dû vouloir faire balancier. Ou
peut-être qu'un psychanalyste dirait le contraire.
Parce que pour faire balancier, j'aurais dû le tendre
bien droit, très loin. Là, c'était à moitié, recourbé vers
la table. Vers sa main qui y était posée, à côté de son
verre. Je l'ai à peine, vraiment à peine effleurée, je le
jure. Et c'était involontaire (ou bien un acte manqué
dirait le psychanalyste). La suite, vous savez, c'est
comme dans la théorie du battement d'aile d'un
papillon : il y a des tas de papillons qui peuvent faire
battre leurs milliards de milliards d'ailes sans qu'il ne
se produise rien, et il suffit d'une fois pour que les
effets en chaîne soient gigantesques. Il n'y a qu'à moi
que cela arrive : j'étais tombée sur le papillon gigantesque.

Je l'avais à peine effleuré. Mais c'est comme s'il
avait été piqué par une méduse. Une scorpionne. Une
vipère. Il a retiré sa main, vers lui, à la vitesse de la
foudre. Or, entre sa main et lui, il y avait le mojito.
Le sien, tout rempli, bien glacé. Le mojito tout rempli
et bien glacé s'est vidé d'un coup, glissant sur la table,
pour se répandre enfin sur son pantalon. Dans un jet

relativement concentré à l'endroit de la braguette. Enchaînement à la Mister Bean qui m'a irrésistiblement donné envie de rire. Une seconde seulement. Car très vite j'ai compris que nous n'étions pas du tout dans le registre comique. Apollon était blanc, les yeux écarquillés. Il avait repoussé sa chaise dans un crissement sur le carrelage, et fixait le désastre agrémenté de feuilles de menthe et de quelques glaçons. Il a frotté, frotté. Mais seuls la menthe et les glaçons sont partis. La tache d'humidité restait, je dois le dire, bien visible et spécialement mal placée. Il s'est levé.

— Je vais essayer d'arranger cela aux toilettes.

— Oui… oui… d'accord… c'est vraiment bête.

Notre dialogue était d'une poésie folle et d'une richesse sans fond. Même moi je disais « d'accord ! » maintenant. Cela m'intrigua d'ailleurs. Je ne dis jamais « d'accord ! » d'habitude, je dis « OK ! ». Apollon avait-il un tel pouvoir d'influence sur ma pauvre personne ? Lui pourtant si peu bavard, si réservé, si timide. Non, pas vraiment timide en fait. Bien sûr il avait retiré sa main comme une vierge effarouchée alors que je l'avais à peine touché. Mais une telle présence trahissait le contraire de la timidité. Son regard n'avait rien de fuyant. Ah ! ses yeux, putain ! Putain, mais je n'avais pas dit un seul gros mot depuis qu'il était arrivé, bordel ! Je n'avais pas fait une seule pitrerie, je ne m'étais pas trémoussée dans tous les sens. Apollon avait bien un pouvoir mystérieux sur ma pauvre personne.

Ledit Apollon cependant ne revenait toujours pas des toilettes. Avait-il fait une lessive complète ? Quitté son pantalon pour le mettre sous le sèche-mains électrique ? Après mes deux heures de lèche-vitrines forcé,

ma demi-heure plus huit minutes de face-à-face avec
mon tiers de mojito, il n'allait quand même pas me
refaire le coup de l'attente interminable ! Le coup du
gros lapin rue des Petits-Lapins. Ma douteuse plaisanterie – de moi à moi – ne m'a même pas fait sourire.
Je commençais à être sérieusement énervée. Vénère de
chez vénère, la Charlène ! Les minutes ont passé,
de plus en plus énervantes, de plus en plus inquié-
tantes. Tout allait de travers dans cette histoire. Même
le mojito. Le beau mojito glacé s'était déversé sur le
carrelage (et le pantalon) alors que mon gosier sec
n'éprouvait rien d'agréable à finir mon verre tiède et
dilué. Un vrai symbole, le mojito aussi avait tourné en
eau de boudin. Le sinistre serveur, à la tête de Père-
Lachaise et visiblement pressé de fermer boutique,
avait commencé son ménage de façon très bruyante.
Le message crié par son balai était clair : « Allez ouste,
là-dedans, du balai ! » Bordel de bordel, putain !
J'étais la dernière cliente. Seule dans le troquet. Seule
ou accompagnée ? Le coup de nerf a soulevé mes
fesses de la banquette comme un ressort, et m'a pro-
pulsée d'un trait vers les toilettes. Porte Messieurs.
Personne de chez personne ! Pas l'ombre de l'ombre
du moindre Apollon ! Impensable ! Il s'était enfui sans
rien dire. Il m'avait laissée plantée là. Quel salaud !
Quelle ordure ! Quel connard ! Merde à la fin, c'est
le champion du monde de la saloperie, ce connard !
J'y crois pas ! Envolé comme un rêve. Un très mauvais
rêve. Un horrible cauchemar.

Le mec du balai cognait de plus en plus fort.
« Dégage ! », hurlait son balai. Un balai de sorcière ;
je vous l'ai dit, un horrible cauchemar. Je cherchai
mon portable introuvable dans mon sac. Petite dose

d'agacement en plus. J'aurais dû téléphoner plus tôt.
Pourquoi n'avais-je pas téléphoné plus tôt ? Je ne me
reconnaissais plus. J'ai fait son numéro. Bordel ! Je
ne connaissais même pas son vrai prénom. On n'avait
pas eu le temps de se dire nos prénoms IRL ! J'allais
quand même pas dire : « Allô, Apollon ? C'est la fille
qui rêve. » Je n'ai pas eu ce problème. Car X ne
répondait pas. La boîte vocale. Salaud ! Une boîte
vocale à la con, avec un message à la con pas perso,
répété par la voix de robot d'une nana métallique :
« Vous êtes bien au 06… ». Putain de putain ! Pas là
l'Apollon sans nom, et même pas sa voix enregistrée,
bordel de bordel !

La tête de Père-Lachaise a posé son balai.

— Nous allons fermer, je suis désolé. Alors, pour
la petite demoiselle… deux mojitos : 18 euros.

Putain ! Merde ! Comment ça deux mojitos ? Il
était pas à moi le second, il était à Apollon (le
salaud !). Et il a fini sur le carrelage (et sur le pantalon). Je ne savais plus si ma colère, mon ÉNORME
colère, était dirigée contre la tête de Père-Lachaise
ou contre Apollon. Tout se mélangeait dans ma
pauvre tête en furie, en bouillie, en charpie. Putain !
Des heures d'attente ! À peine trois mots et une fuite
dégueulasse ! Sans la moindre explication. Et pour la
Charlène l'addition ! Exigée par le patibulaire mec
au balai. Le coup de l'addition, aggravé par la tête de
Père-Lachaise, était la goutte d'eau (de mojito) qui
avait fait exploser ma colère. Mais il y avait plus grave
en dessous, beaucoup plus grave, je le sentais dans
mes profondeurs souffrantes et bouleversées. Pourquoi Apollon s'était-il enfui, sans la moindre explication ? À cause du pantalon ? Ce n'était pas une raison
sérieuse. À cause de moi ? Oui, bien sûr, il s'était

enfui à cause de moi. Je ne lui avais pas plu. Je lui avais déplu. Intensément déplu, jusqu'à l'écœurement, au dégoût. J'étais horriblement affreuse à ses yeux, et il n'avait pas osé me dire sa déception. Il s'était enfui comme un lâche. Pourtant il n'avait pas vu mes fesses, bien planquées sur la banquette. Alors mon visage ? Moi ? Moi moi-même ? Horreur des horreurs ! Je m'enfonçais dans un trou noir mortel, humide et froid comme un cimetière. La tête du mec au balai était de circonstance. Le destin l'avait placé là, Père-Lachaise, il était encore plus sinistre que ma sorcière du cul du diable. Je me sentais affreusement seule, abandonnée, vide, presque morte.

Dehors, le temps s'était mis au crachin (le destin vous dis-je). J'avais froid. Très froid. Je tremblais. J'étais seule au monde et gelée. Il était près de 9 heures. Le trajet métro-RER-bus-final serait encore plus long et insupportable que d'habitude. Dans le noir, la pluie, le froid. Trop de noir, trop de froid, j'en avais une overdose. Je voulais de la chaleur. Tout de suite. De la chaleur chaude. Gentille et douce. J'ai pris mon téléphone. J'ai téléphoné à Lena. Il fallait que je sois vraiment perdue. Tout au fond du trou noir pour oser. Avec un mec *Bed and Breakfast* j'ai toutes les audaces. Pas avec Lena. Jamais je n'ai passé une nuit entière chez elle. Et je lui demandais ça comme ça, à 9 heures du soir.

— Lena, c'est Charlène. Tu devineras jamais ce qui m'arrive… Je devais voir Apollon tu sais… Apollon m'a posé un lapin rue des Lapins.

— Bien fait pour toi ! Qu'est-ce que t'avais à vouloir te frotter à ce vantard de connard ? Je te l'avais dit que c'était un con.

— Oui je suis d'accord, ça je suis d'accord maintenant. Un putain de vieux con, bordel. Mais maintenant je me retrouve toute seule comme une conne, à grelotter de froid sous la flotte à une heure pas possible pour rentrer chez moi.

— Oh ! Il fallait me le dire tout de suite, mon petit cœur en sucre ! Tu n'as qu'à dormir ici. Viens vite te réchauffer. Je te prépare mon chocolat trois étoiles. Tu sais, celui façon de ma grand-mère, chocolat-chocolat, épais-super-épais. Si ça ne te redonne pas le moral, c'est que ton cas est désespéré.

— Vraiment, t'es sûre, Lena, je peux venir, je te dérange pas ?

— Attrape illico le premier métro pour la rue des Blancs-Manteaux, ma toute belle ! Je mets le lait sur le feu. Je t'attends.

Quel amour ! J'étais désespérée et tremblante, enfoncée dans le noir de noir le plus noir. Lena, d'une seule phrase, venait de me sauver. Il y avait tout dans sa voix, toutes les promesses du monde ; lumière, chaleur, caresses. Et même chocolat, son fameux chocolat façon grand-mère à s'en rouler par terre. Je nageais dans le bonheur. Oublié ce vieux con d'Apollon, oubliées les galères glacées du mojito. Toutes mes pensées étaient réunies en un seul rêve. Une sensation. Merveilleuse et chaude. Douce et chocolatée.

Elle m'accueillit de son plus beau sourire. Ça sentait furieusement bon le chocolat chez Lena. Ça sentait la chaleur, la douceur. À peine passée la porte, j'étais déjà bien, enveloppée, caressée, dorlotée. La petite fille qui avait fait une grosse bêtise ne se faisait même pas gronder. Lena comprenait tout. Elle était trop. Elle ne me parla pas d'Apollon. Seulement du chocolat. Jamais je n'oublierai ce qu'elle a fait pour moi ce soir-là. Elle aurait peut-être pu faire encore davantage. Je ne sais pas. Je ne sais pas quels étaient mes désirs dans ce drôle de soir-là. Je ne sais pas ce qui se passe exactement entre Lena et moi. Je ne sais pas ce qu'elle pense, ce qu'elle ressent, elle. C'est assez étrange. Il y a de la douceur caressante entre nous. Une ambiance chocolat. Des ondes passent c'est évident, même très fort parfois. Seulement des ondes. Ou peut-être aussi des pensées secrètes ? Je ne sais pas.

Lena avait fait un deuxième, puis un troisième chocolat. Une orgie de chocolat. Nous avions discuté jusqu'à minuit (sans jamais parler d'Apollon). Puis est venue l'heure du dodo. Lena s'est dirigée vers la salle de bains.

— Je dors à poil. Ça te gêne pas ?

— Non, non, moi aussi. Toutes façons, j'ai rien avec moi. J'avais juste prévu ma brosse à dents.

Elle a un corps superbe Lena. Je n'ai pas osé lui dire, mais elle a un corps vraiment superbe. Des rondeurs juste rondes comme il faut, sans un flottement flasque, sans un gramme de gras, des chairs tendues sous la peau. Pas un pli, pas un défaut, que du lisse, bordel. Le plus étonnant est que je ne me sentais même pas jalouse, alors que moi c'est plutôt le contraire. Le flasque et les plis (au derrière), je connais. Elle s'était déshabillée la première. C'était à mon tour de jouer. À ce moment l'ambiance bonheur-chocolat s'est un peu fissurée. J'ai éprouvé soudain un léger coup de stress. L'humour, c'est la meilleure façon pour s'en sortir dans ces cas-là.

— Attention ! Attention ! Roulement de tambour. Mesdames et messieurs, venez admirer le clou du spectacle, les fesses les plus molles, les fesses les plus grosses du monde ! Mesdames et messieurs, en exclusivité mondiale, voici devant vous ce soir, le CUL DU DIABLE !

Lena aurait dû rire. Elle n'a pas ri. Elle secouait la tête de gauche à droite pour signifier son désaccord.

— Qu'est-ce que t'as après tes fesses, Charlène ? Tu délires ou quoi ? Elles sont adorables. Avec tes talons, crois-moi, elles laissent pas le badaud indifférent ! Elles sont pas grosses, elles sont rondes. Elles sont pas molles du tout. C'est de la vraie belle fesse, ça, Charlène !

Elle m'avait appelée Charlène, pas Charlette ; on n'était pas là pour déconner. Lena, nue, s'était approchée de moi. J'étais encore habillée, perchée sur mes escarpins. Pour appuyer son propos, elle a tendu le bras, et m'a pris la fesse gauche à pleine main, serrant fort. Elle a répété, vérification faite donc, qu'elle n'était absolument pas molle. Mais tout cela, l'évaluation de ma fermeté fessière, à cet instant, était incontestablement devenue secondaire. Un prétexte. Nous le savions très bien toutes les deux. Lena me faisait face à me toucher, à poil, me malaxant la fesse. J'ai imaginé la suite évidente des événements. Je l'ai acceptée. Avec de l'appréhension. De la réserve (je suis une fille à principes je vous dis). Mais aussi beaucoup de curiosité (de la curiosité aussi vis-à-vis de moi-même). Et tout bonnement du désir. J'avais tellement besoin de douceur et de caresses ! Personne d'autre aussi bien que Lena ne saurait me les donner.

Je me suis mise à poil à mon tour, me suis glissée dans le lit douillet. Il y a eu un petit bisou échangé. Sa chaleur était là, toute proche. Nos ondes se caressaient, s'embrassaient à en perdre haleine. Uniquement les ondes. Pas les corps. Qui sont restés étonnamment sages jusqu'au matin. C'est ma meilleure amie, Lena. Juste ma meilleure amie.

5.

Il ne faut jamais désespérer

Quel salaud ce con d'Apollon ! Je voulais savoir. Pourquoi il était parti comme ça sans rien dire, le salaud ! Pourquoi ? Pourquoi bordel ! Je savais que ça servait à rien, mais je continuais à téléphoner à sa boîte vocale de voix métallique de nana à la con. « Vous êtes bien au 06… » Bordel de merde ! Il devait repérer mon numéro, et ne pas me répondre, le salaud. Je voulais savoir, je voulais savoir ! L'entendre, lui, me dire ce qui s'était passé.

J'avais proposé à Lena une petite gâterie chez Ladurée rue Royale après le boulot. C'était bien le minimum pour la remercier. Pour moi, juste un macaron pistache (je fais gaffe à mes fesses, c'est là que ça va se mettre quand je dérape). Lena, elle, elle prend toujours une religieuse. La religieuse, c'est encore pire que l'éclair, il y a de la crème au beurre en plus. Elle avale tout et ça lui fait rien, la salope. Elle ne connaît pas son bonheur. Je l'avais invitée aussi pour lui demander de me prêter son portable. C'était pas idéal de téléphoner devant elle, mais je n'ai rien à cacher à Lena.

Il m'a répondu, le salaud ! Enfin le son de sa voix !
Et pas trois mots : la conversation la plus longue de
notre histoire ! De son côté, il faut dire que le voca-
bulaire ne s'était pas beaucoup enrichi. Les deux tiers
n'étaient que répétitions assommantes de « D'accord,
d'accord » et de « Je m'excuse, je m'excuse ». Ça, pour
s'excuser, il s'est excusé ! « Je m'excuse, je m'excuse,
je suis désolé, je m'excuse. » J'ai été obligée de lui dire
d'arrêter, ça devenait pénible à la fin ! Il est bizarre
Apollon. Ce grand corps, cette présence, ce regard. Et
là, j'avais l'impression d'entendre un petit garçon,
complètement perdu, le petit gentil qui fait jamais de
conneries et qui venait de faire une grosse bêtise. Ça
a été plus fort que moi, il m'a fait pitié, ce con. Je sais,
j'aurais pas dû réagir comme ça, je téléphonais pour
l'engueuler, ce salaud. Je n'avais plus envie de hausser
la voix. Il me faisait presque de la peine, mon pauvre
petit Apollon.

Autant dire que j'étais pas fière devant Lena. Je lui
avais annoncé la couleur, tout énervée : « Si je l'ai, ça
va chauffer bordel, tu vas voir ça ! On n'a jamais vu
un con pareil, le salaud ! »

Et là, rien, ça chauffait pas du tout, j'étais même à
deux doigts de fondre comme un sucre d'orge. J'avais
oublié la raison de mon appel, je n'entendais que sa
petite voix malheureuse. Le sourire moqueur de Lena
m'a obligée à me ressaisir. Il fallait absolument que je
l'engueule, au moins un peu, un tout petit peu. J'ai
alors pensé à l'addition. C'est vrai que j'avais tout payé,
le salaud ! Je lui ai dit que ç'avait été la cerise sur le
gâteau. Il a eu l'air tout surpris. Et ça a déclenché un
nouveau concert de « je m'excuse, je suis désolé,
pardon » ! Il y a des choses étranges dans la vie. On

croit qu'il fait noir et le ciel est blanc, on croit qu'il fait blanc et le ciel est noir. J'avais réussi à engueuler (un tout petit peu) mon Apollon sous la pression de Lena qui souriait en douce. Lena-chocolat qui m'avait consolée quand j'étais au fond du trou. Or c'est précisément ce faux coup de gueule qui m'a précipitée vers lui. Pas précipitée dans ses bras, faut rien exagérer. Juste pour prendre un verre. Mais un verre chez lui (il m'a proposé une margarita, je ne l'en aurais jamais cru capable !), ce qui veut tout dire (au minimum *Bed and Breakfast*). C'est venu de moi, de moi toute seule. J'ai parlé sans réfléchir, comme ça. Je lui ai dit qu'il me devait une tournée. C'était pour plaisanter. Enfin je ne sais pas. C'était une petite phrase lancée à la volée, comme ça, insouciante, légère et court vêtue. Un minuscule grain de folie. Je ne peux pas vivre sans un grain de folie. Et ça avait enclenché la machine infernale, qui nous entraînait sans que nous l'ayons décidé. Il m'avait répondu (évidemment) « D'accord », j'avais demandé « Où ? Quand ? ». On avait dit OK pour jeudi. Et convenu que c'était aussi simple chez lui. Il avait proposé une margarita. C'était reparti pour un tour !

On s'était dit au revoir. Ah, au fait, on s'était quand même donné nos prénoms avant de raccrocher, il était temps ! Donc, il s'appelle Samy, Apollon. Je trouve ça mignon, Samy. Moins con qu'Apollon. Lena me regardait sans rien dire. J'avais la honte totale. Aucun orgueil la nana, une serpillière, une nullasse. Alors que j'ai dix tonnes de colère à crier, je ne dis rien, j'efface tout, j'oublie tout, et c'est moi qui lui propose une nouvelle date, chez lui. Devant Lena. Putain, mais qu'est-ce que c'était que ce bordel ? Lena s'est mise

à rire. Elle a pris une voix aigrelette de dessin animé.
« Génial la margarita, génial !!! Oh mon bel Apollon,
merci ! Merci de m'avoir posé un gros lapin rue des
Petits-Lapins ! Oh, merci de m'avoir laissé me geler
les couilles dans la pluie et le froid ! De n'avoir pas
répondu à mes appels. Merci ! Merci ! Génial la margarita ! Merci ! »

Elle avait raison, putain ! J'étais une moins que
rien, une girouette sans cervelle. Il fallait à la fois que
je lui réponde, que je me défende, et que je remette
mes idées en ordre, pour moi. Parce que c'était un
putain de bordel dans ma tête.

Eurêka ! Un éclair de lumière ; j'avais la solution.
J'avais eu un petit coup de mou, mais d'une volée de
baguette magique la fée Charlène avait remis son
monde à l'endroit. J'ai pris le temps de bien expliquer
à Lena, de façon méthodique et argumentée. Car elle
n'était pas seule à entendre. Moi aussi j'écoutais. Je
parlais et je m'écoutais. Pour me convaincre par mes
propres paroles.

« Tu déconnes Lena. C'est marrant ton truc, t'as
raison, je suis d'accord. Bon c'est vrai je ne l'ai pas
engueulé, ça c'est vrai, j'ai manqué de couilles, j'suis
d'accord. Mais la question franchement, c'est qu'il
habite rue des Petits-Lapins. Un point, c'est tout. Rue
des Petits-Lapins ! Je peux pas rater un coup comme
ça, un *Bed and Breakfast* rue des Petits-Lapins,
bordel ! Et puis, peut-être qu'il est champion du
monde des cocktails. Une margarita rue des Petits-
Lapins, franchement, ça se refuse pas. »

Il ne faut pas se compliquer la vie, telle est ma
philosophie. Les réflexions à se mordre la queue, ça
ne mène qu'à tourner en rond. On peut tourner en

rond toute une vie comme ça, sans avancer d'un centimètre. Moi, je suis la nana qui avance plus vite que son ombre. Pan ! Pan ! Moi pas peur de Samy le cow-boy ! La vie pète le feu. Même pas peur de ce con d'Apollon. Le dieu de la margarita ! Moi juste envie d'une margarita géniale rue des Petits-Lapins, d'un dodo sympa, d'un bon gros café avant 9 heures. C'est tout, rideau ! Faut pas se compliquer la vie.

Seuls deux ou trois détails me chatouillaient les méninges. Ma tenue de gala (talons ? baluchon ?). Le problème du coucher tôt (qu'allait-on faire ? jouer aux cartes ?). Et le lieu de rendez-vous, à 8 heures pile, devant le *Bar du coin*. Sur la question de l'heure, j'avais élevé le ton, et lui avais dit que je piquerais ma crise s'il était en retard. Il m'avait juré le contraire. Mais pouvait-on se fier à lui ? Le passé ne plaidait pas en sa faveur ! Et si je me trouvais encore à faire le trottoir devant le *Bar du coin* ? Donc, pas question de mettre ma petite robe noire. Elle avait pourtant ma préférence pour jeudi. Snif ! Snif ! Exit la petite robe trop courte, ce sera jeans. Sans baluchon, comme l'autre fois. Avec mes talons cependant. Oh oui ! Les talons, oui ! Ceux qui me remontent la fesse et me la font dure. Ma brosse à dents, mon string et mes mocassins dans mon sac. C'était vraiment reparti pour un tour, un peu trop semblable au (catastrophique) premier. Je commençais à être un peu moins sûre de moi.

6.

Scène de rue

J'étais bien décidée à ne pas arriver en avance, pour éviter toutes les conneries de la dernière fois. Pas trop en retard, faut pas exagérer, mais pas en avance. À 8 h 05, je descendais le trottoir vers le *Bar du coin*. Il était là, Apollon, grand, droit, immobile, raide comme un piquet. C'en était étonnant de voir comment il était raide comme un piquet. Ça tranchait avec les mouvements de la foule, on avait le regard accroché. Il faisait penser (sans la peinture) à ces mecs qui font la manche en jouant les statues. Apollon en statue ! L'image ne m'a même pas fait rire. Je sentais que cette raideur-là n'avait rien de volontaire, rien de rigolo. En chair et en os, Samy se révélait être conforme à sa conversation. Sans vie.

Il me tournait le dos, fixement donc, et cela par contre m'arrangeait. Je n'avais pas envie qu'il voie arriver de loin le cul du diable. Rapidement, je mis une tactique au point : effectuer un contournement, pour me présenter de face, très près, les yeux dans les siens. Rien de tel qu'un regard, qu'un visage en gros plan, pour masquer des fesses que l'on ne saurait

voir. Pirouette superbement réussie ! 20 sur 20 !
J'aurais dû faire du patinage artistique.

Ensuite… comment dire… nous avons eu d'abord
trente secondes de bonheur. Enfin, de bonheur…
trente secondes d'un truc normal plutôt sympa. Puis,
aussitôt après, l'énorme catastrophe. Aucun accident,
pas comme le mojito renversé. Mais une saloperie
de machin poisseux et pénible qui nous est tombé
dessus et nous a engourdis. Ça vient de lui, j'en suis
sûre, parce que ça ne m'arrive jamais une chose
pareille. Je ne savais même pas quoi raconter pour
dérider l'atmosphère. Moi, dont on dit que je n'ai pas
ma langue dans ma poche, la reine des bites et autres
couilles folles qui font rire l'assistance ! Aucun mot
ne sortait de ma bouche. Ni de la sienne, bien sûr,
inutile de préciser. Il devait avoir sa mauvaise fée,
lui aussi, qui lui avait lancé un maléfice. Pas de
grosses fesses (de ce point du vue, il n'y avait rien à
dire). Mais une chape de silence. Qui avait le poids
du plomb. Elle écrasait la vie. On est allés jusque
chez lui comme deux cons bizarres côte à côte. C'était
hallucinant, je n'avais jamais vécu une connerie
pareille. Et là j'ai compris. Soudain. La lumière.
Eurêka ! Il y avait erreur. Stop, stop, on arrête tout,
il y avait erreur. J'avais été embarquée dans cette
bêtise par une suite de quiproquos, le coup de fil qui
avait curieusement tourné. OK, il était beau à en
mourir, ça c'était le bon point énorme, incontestable.
Mais justement, je ne voulais pas mourir ! J'étais déjà
en train de mourir avec ce roi du silence, raide comme
un piquet, qui ne souriait que les 29 février. Ah oui,
j'oubliais, je m'étais dit, j'avais dit à Léna et je m'étais
dit, qu'il s'agissait UNIQUEMENT d'un *Bed and*

Breakfast, justifié par le fait qu'il habite rue des Petits-Lapins. Mais je n'étais plus du tout convaincue maintenant. Je n'avais plus du tout envie. Le principe du *Bed and Breakfast*, c'est super, mais à la condition d'éviter les mauvaises adresses. J'avais de plus en plus l'intime conviction que le 19 rue des Petits-Lapins était une TRÈS MAUVAISE adresse. Qu'une soirée de galère s'annonçait. Il était 8 heures !!! Comment allait-on passer la soirée ? Il n'était pas trop tard pour abandonner l'idée du *Bed and Breakfast*, et rentrer chez moi. Boire sa margarita, et rentrer chez moi. Elle va bien rigoler, Lena, quand je vais lui raconter ça ! Elle sera contente, Lena. Ce dialogue intérieur a rendu le silence moins pénible. J'étais décidée. J'avais déjà la tête ailleurs. Même l'escalier ne m'a pas posé problème. Ça, c'est un truc que je déteste vraiment, quand les mecs te font passer devant pour monter. D'où ça vient cette connerie ? Y a pas pire pour planter ses fesses en plein dans le mille de leurs yeux. L'horreur des horreurs infernales pour un cul du diable ! Mais là, je m'en foutais. Je m'en foutais de ce con d'Apollon. Une margarita, et hop ! bye bye, Apollon !

S'il ouvre un jour un bar à cocktails, Apollon, il risque illico la faillite ! Parce que sa margarita, putain ! Le pire c'est qu'il avait l'air fier de lui. Pitoyable ! Il avait dû se tromper dans les mélanges. Ou bien il avait acheté sa tequila en promo chez Leader Price (hypothèse à retenir d'ailleurs, parce que depuis le coup de l'addition, je me méfie sérieusement du radin qui l'habite). Sa margarita, elle arrachait la gueule. Moi, pauvre minette, pas question de jouer les dures (« même pas mal ! ») en l'avalant d'un coup.

Alors je sirotais à doses homéopathiques, la bouche en cul de poule, concentrée sur mon effort. Si concentrée que j'en avais un peu oublié le pourquoi du comment. J'aurais déjà dû être partie. D'autant qu'elle était dégueulasse, sa margarita. Qu'est-ce que je foutais encore là, bordel ? Dans son studio, à deux mètres du lit. Le lit ! Je me souviens de l'avoir fixé en arrivant. C'est donc là que j'aurais dû me retrouver, à poil dans ces draps (petit détail : ils étaient froissés et avaient l'air pas très nets) ? Je me sentais bizarre. Bizarre bizarre. Ma tête absente. J'étais vide de moi. Seul mon corps était là. Mon pauvre corps, ma gorge brûlante (putain de margarita !), mes fesses mal assises.

Mes fesses, je suis désolée, mais il faut encore en dire un mot.

En dehors du lit, qui occupait royalement le centre de la pièce (impossible de le manquer !), l'ameublement était des plus réduits. Minimaliste. Mais minimaliste par défaut. Parce que question déco… disons que Samy en était resté au stade étudiant bohème. Petit état des lieux. Il y avait une table encastrée et deux chaises dans la kitchenette, le fameux lit, un vélo, une petite table basse généreusement entourée d'un fauteuil et d'un pouf. Quand nous étions arrivés, après l'escalier pénible, j'ai tout de suite compris que LA scène allait se passer là. On n'allait quand même pas s'asseoir dans la cuisine, ni filer directo au lit (de toute façon, le lit, il n'en était plus question pour moi). Ce serait donc la table basse. Il m'a fait entrer. Et a fermé la porte à clé. Bordel ! Pourquoi donc fermer la porte à clé ? Vraiment pas du genre à mettre à l'aise ! Ce n'était qu'un verrou, d'accord, et il n'avait pas planqué la clé dans sa poche pour m'empêcher de sortir. Halte à la paranoïa, ma belle ! Mais le pire nous attendait. On s'est dirigés vers la table basse (il ne pouvait en être autrement). Je l'ai vu mettre le cap sans hésiter vers le fauteuil, SON fauteuil ! Pas gêné le mec ! D'accord le fauteuil en question n'était pas de toute première jeunesse (sans doute une récupération familiale), un vieux truc pourri tout moche, mais c'était quand même un fauteuil, merde ! Il ne me restait donc que le pouf, du genre ramené du Maroc, mal rembourré en plus. Mais qu'est-ce que je foutais sur ce pouf ? Il était bas, déjà c'est pas très commode pour s'asseoir. Il avait été rempli au centre, avec quelque chose de dur. Normalement c'est creux et mou. Tout le contraire. Super instable. J'étais condamnée à bien appuyer mes pieds au sol et à garder tendus les muscles de mes cuisses. Je n'étais plus *Lafillekirev* mais *Lafilleridicule*, d'autant que je devais endurer bêtement ce supplice en solitaire (Monsieur s'était planqué dans la cuisine, pour préparer sa fameuse margarita !!!). Sans en profiter pour me sauver, ou au moins oser m'asseoir dans le fauteuil qui me tendait les bras. Mais quelle conne, franchement !

Et la lumière ! L'ampoule nue au milieu du plafond crachait une blancheur blanc de blanc. On en était presque verts tellement elle crachait blanc. Bonjour le romantisme ! *Lafillekirev* se sentait de plus en plus loin du rêve. Mais qu'est-ce que j'attendais pour partir ? Mon cerveau, enfin, a recommencé – tout doucement – à fonctionner. Il fallait que je me sauve, que je me tire au plus vite.

Hélas, c'est à ce moment que Samy (lui si taiseux !) s'est mis à parler.

— Je sais pas… tu veux que je mette de la musique ?

— Non… non… C'est juste la lumière… Ton ampoule, elle éclaire pas à moitié, dis donc ! C'est pas que je… mais…

— Oui, oui, je suis d'accord, c'est pas… j'ai des bougies… si tu veux, je peux mettre une bougie…

— …

— Je mets la petite bougie ?… Oui ?

— Oui.

Quelle conne, mais quelle conne !!! Au moment où je décide de me barrer, je lui dis d'éteindre la lumière et d'allumer une bougie ! Qu'est-ce qui s'est passé ? Je croyais que mon cerveau avait recommencé à fonctionner, mais il était vraiment au ralenti, putain ! Nul !

J'ai tellement mes fesses dans la tête. C'est ça l'explication. J'ai tellement mes fesses dans la tête que la seule évocation de la bougie avait déclenché une pensée réflexe, complètement idiote. La bougie réglait le problème des fesses. Quasiment la pénombre. Je pourrais me mettre à poil sans exposer ma catastrophe portative. Sauf que. Sauf que je venais de décider de m'enfuir et qu'il n'était plus question de plumard. Comment avais-je pu oublier ça ? Parce que mes fesses me font perdre la tête ! Quand elles s'installent soudain dans mes pensées, plus rien d'autre n'existe, il n'y en a que pour elles. Je m'étais piégée moi-même avec ce oui imbécile. Par la faute de mes fesses. Satané cul du diable !

Il alluma sa bougie à trois balles (sans doute achetée à Leader Price, elle aussi). Et là… oh bordel de bordel ! J'ai senti arriver la scène culte du film

d'horreur. *Apollon va croquer Fillekirev*. Il s'approchait de moi. Il tentait de plier sa grande carcasse
pour la poser sur le bord du pouf. C'était parti !
Foutue ! De ma faute. Quelle conne ! De plus, tout
cela commençait très mal. Tragiquement mal. Comi-
quement mal. J'étais toujours les pieds bien à plat
(quoique, avec mes escarpins…), les fesses pile au
milieu du pouf, pour préserver mon fragile équilibre.
Ce con ! Il pensait pouvoir s'asseoir à côté de moi !
Nous allions nous casser la gueule, c'était évident.
Rouler par terre en fracassant les margaritas, ren-
verser la bougie qui allait mettre le feu. J'allais mourir
comme Jeanne d'Arc. Quand mes rêves partent en
couille de cette façon, c'est toujours mauvais signe.
Ce qui était en train de se passer était effectivement
encore plus grave. Pas de bûcher, pas de Pucelle. Mais
un Samy collé à ma pauvre personne, ou plutôt,
agrippé. Encore plus crispé que moi, pour ne pas
choir dans le gouffre. Toutes mes pensées, toutes nos
pensées j'en suis sûre, étaient concentrées sur cet
unique objectif : éviter la chute. Fini le film d'horreur,
je visionnais dans mon petit cinéma des trucs genre
Charlot ou Buster Keaton. J'étais repartie dans un
autre scénario loufoque (sans doute encore un mauvais signe). Les scènes burlesques me donnèrent envie
de rire. Et de raconter bientôt cette histoire de dingue
à Lena ; *À deux sur un pouf*, ou *Au bord du précipice*.
Ce rire intérieur m'a fait du bien. Je me suis décon-
tractée mentalement (pour les muscles c'était impossible). Pourquoi m'en faire après tout ? La situation
était juste un peu pénible. Il s'agissait d'un strict *Bed
and Breakfast*. Dont l'adresse n'était pas bonne, même

très mauvaise. Accueil glacial, margarita dégueulasse, mobilier pourri : 0 sur 20. Mais puisque j'avais réservé pour une nuit, il me fallait accepter l'inéluctable à venir, et patienter jusqu'au café du matin. Putain ! La soirée promettait d'être longue.

7.

Au pays de son corps

Le baiser était dans l'ordre des choses, c'était bien le minimum pour un *Bed and Breakfast*. Mais pas sur le pouf, bordel, pas sur le pouf ! Nous allions nous casser la gueule ! Et ce pauvre *Pollon* qui n'y arrivait même pas ! Ça aurait été à mourir de rire si la situation n'avait pas été aussi triste. Il était plus bas que moi malgré sa grande taille, et tentait désespérément de s'approcher de mes lèvres. Plus il tentait, plus il glissait vers le bas, au bord du précipice. J'ai eu pitié sans doute. Ou bien en avais-je tout simplement marre de ce film minable, *Le Baiser impossible*, de cette scène ridicule ? J'ai donc fait ce qu'il fallait, et ça n'a pas été simple, vraiment pas simple du tout. Car à tout moment la chute menaçait. Je devais me tasser sur moi-même pour redescendre un peu, sans perdre mes appuis au sol, ce qui limitait d'autant la souplesse du mouvement. Je l'ai agrippé à mon tour, pour l'empêcher de glisser vers le bas, aussi fort que lui m'agrippait. Nous nous serrions l'un à l'autre de façon crispée et nerveuse, nos mains ne parlaient pas d'amour ! Seule la bouche pouvait espérer un petit quelque chose en ce domaine. J'ai penché le visage à m'en tordre le cou. Il a réussi enfin à atteindre mes lèvres ! Quelle bonne surprise, ses lèvres étaient douces, sa langue avait forme humaine. Après toutes ces raideurs et crispations si pénibles, ces silences mortifères, le piquet du trottoir révélait autre chose de lui en cette alcôve intime. Sa langue était souple sans être mollassonne, active sans agressivité, étonnamment caressante et… comment dire… sûre d'elle, sereine. Une énorme surprise ! Samy dévoilait une tout autre facette de sa personnalité. Le premier bon point de ce *Bed and Breakfast* un peu spécial.

Mais nous étions toujours à deux doigts de nous casser la figure. La bonne surprise du baiser ne faisait qu'augmenter le risque, en nous déconcentrant de notre recherche d'équilibre. Ça n'était plus possible de continuer ainsi. Puisque Samy s'avérait toujours aussi incapable de prendre une décision (sur ce point, aucune bonne surprise), il me fallait donc décider pour deux. Je lui ai dit franchement que continuer sur ce maudit pouf n'était pas possible. Dire les choses franchement est quand même la meilleure façon de régler les problèmes, ça, je crois que Samy, il est pas près de le comprendre ! Mais quelles étaient les autres éventualités en dehors du pouf ? Il n'y avait même pas de moquette ou de tapis, son vieux fauteuil tout raide avait des accoudoirs en bois. Le lit, bien sûr, il ne restait que le lit ! À nouveau, c'était donc moi, pauvre poire, qui désignais implicitement la direction de mon propre martyre. Quelle conne ! J'ai dû mettre clairement les points sur les « i », étant donné que ce con d'Apollon restait sur son pouf à rien faire, ne semblant pas voir où nous pourrions aller. Il m'a fallu dire moi-même les choses en toutes lettres : le LIT ! Le LIT, bordel, nous serions mieux dans le lit ! Je m'en foutais maintenant, j'étais embarquée dans un *Bed and Breakfast* intégral, il me fallait payer. Le plus tôt serait le mieux, qu'on se débarrasse de cette histoire. Mais il était 9 heures, putain ! À 9 heures au pieu, j'avais jamais vu ça. Ou alors quand j'étais bébé. Et on n'avait même pas mangé ! Bordel, une adresse vraiment pas comme les autres, le 19 rue des Petits-Lapins.

La bonne surprise du baiser avait été vite oubliée. Nous étions à nouveau dans la gêne, les raideurs, le silence. Tout ce que je déteste le plus au monde et qu'il m'arrive très peu de fréquenter, sauf depuis que j'ai rencontré Samy. Mon piquet favori était plus piquet que jamais, raide, muet et solitaire, se dirigeant bêtement vers le lit comme s'il allait se coucher pour dormir. Il ne manquait plus qu'il aille enfiler un pyjama à grosses rayures ! *Charlène et Apollon, les nouveaux bidochons*. Je n'étais même plus dans un Buster Keaton, qui a pour lui la poésie et l'élégance, mais dans une grosse comédie franchouillarde à la con. Demain matin j'allais avoir droit aux charentaises.

Je me suis levée aussi du pouf, heureuse de quitter cet engin de torture, et me suis assise à côté de lui sur le bord du lit comme une conne. On avait l'air malin ! Le tour était donc venu du troisième exercice. Premier : margarita qui arrachait la gueule. Deuxième : pâlot au bord du gouffre. Le troisième était un nouveau baiser, en position plus confortable, mais néanmoins très étrange. Paradoxal comme aurait dit Lena. Car il y avait tout et son contraire dans ce nouvel épisode. La justesse, la sensualité de ses lèvres, de sa langue (malgré un mouvement d'approche un peu brutal : il s'était jeté sur ma bouche comme un mort de faim). Mais aussi un corps toujours aussi raide, aussi piquet. D'ailleurs, tel un piquet, il semblait ne pas avoir de bras. Il était juste une bouche ! Et c'est encore moi qui ai dû prendre l'initiative, par quelques caresses, pour essayer de détendre un peu ce curieux animal. Et le curieux animal se détendit. Je le sentais de façon incroyable sous mes doigts. Je sentais les nœuds de son corps, durs comme du fer, crispés en boules (c'était donc cela qui le tenait si raide), je les sentais doucement se défaire. Laissant place aux seuls muscles. Et quels muscles, bordel ! Durs et secs (il y en a qui sont gâtés par la nature, ils ne connaissent pas leur bonheur, les salauds), mais d'une dureté bien différente de ses boules de nerfs. Pas une dureté sur laquelle on se cogne et qui fait mal. Une dureté qui fait du bien. Qui rassure. Qui éblouit. Son pseudo n'était donc pas un attrape-nigaudes, *Apollon* était bel et bien un véritable Apollon.

Petit à petit, cela est allé beaucoup mieux dans nos relations. Ces muscles que je sentais sous ma main y étaient sans doute pour beaucoup. J'imaginais son corps magnifique, oubliant un peu le reste. J'avais presque envie de lui. D'autant que... d'autant que (enfin !) ses mains s'étaient mises à l'ouvrage, et m'offraient une nouvelle surprise. Lui, le piquet, raide, sans bras, lançait soudain à la manœuvre mille mains qui me touchaient sans me toucher, de partout, fouillant des détails que l'on ne m'avait jamais explorés. Je suivais ses cheminements avec étonnement, il n'allait jamais là où je l'attendais, tripotant un bouton dans tous les sens, lissant du doigt un ruban. Je me félicitai de ne pas avoir lésiné sur ma lingerie malgré le caractère annoncé très ordinaire du *Bed and Breakfast*. Mon soutien-gorge en dentelle et soie semblait particulièrement intéresser Samy. Il passa un temps fou à l'ausculter sous toutes les coutures. Nous avions tout notre temps ; nous nous étions couchés à 9 heures. C'était quand même mieux que de jouer aux cartes. Moi, ce programme slow-sex me convenait très bien. C'est très à la mode tous les slows, slow-food et compagnie. Des câlins tout doux comme ça ne peuvent pas faire de mal. Surtout qu'ils n'étaient pas faits comme d'habitude. Un vrai original, ce Samy.

Et puis, soudain, tout s'est gâté, je suis passée en un éclair du ravissement à la catastrophe. Il y a eu un retour brutal des raideurs et du Samy-piquet, en relation avec… l'infernal problème de mon cul du diable. Horreur des horreurs, putain de bordel de merde ! Il m'avait ôté mon corsage comme un champion du monde, par une infinité de mouvements minuscules qui semblaient obéir à une chorégraphie secrète. Ses doigts dansaient. Un ballet subtil et sensuel. Il avait sans doute voulu faire de même pour mon jeans. Mais là, ça avait coincé sévère. Je le sentais s'énerver, perdre son assurance, la douce magie de ses gestes. Redevenir non seulement crispé mais limite violent. Il tirait sur le bas de mon pantalon avec hargne, excédé de ne pouvoir le libérer de son contenu. Le contenu, c'était moi. Moi et mes fesses, serrées dans la toile à la faire craquer. Il n'y arriverait jamais comme ça, le pauvre Pollon, jamais. Il ignorait à quel point mes fesses avaient une ineffable capacité de résistance. Il me fallait faire quelque chose, à nouveau prendre l'initiative pour résoudre ce nouveau problème. J'eus un peu plus de mal que les fois précédentes, par peur de rompre la magie de la danse du corsage. J'aurais aimé que l'artiste des caresses minuscules trouve lui-même la solution. Mais il n'était plus possible d'attendre, car j'ai failli rouler par terre quand il a tiré encore plus sec. Si j'étais pas tombée du pouf, c'était pas pour maintenant tomber du lit, bordel !

Je lui ai dit d'arrêter, que j'allais m'en occuper moi-même de mon jeans. De mes fesses. Un déshabillage en solo me permettrait de planquer ce foutu cul du diable. Il me suffirait de faire face, comme d'habitude, et d'aller très vite poser le gros problème sur le lit, par une savante pirouette. En trois secondes j'étais à poil et allongée dans le bon sens. Ce qui m'a permis d'admirer la fin de son strip-tease. Oh putain de bordel de bordel ! Encore plus que ce que j'avais pu imaginer, l'Apollon. Un mec à mettre dans les magazines. À faire craquer des millions de nanas, prêtes à se damner pour un seul regard. Et c'était moi qui avais droit à ça ! Putain ! Quel dommage que ce soit dans cette piaule minable, que personne ne puisse me voir au bras de ce demi-dieu. Quel dommage aussi que le demi-dieu soit muet, bizarre et raide comme un piquet.

Pour être plus précise, le demi-dieu/piquet alternait le pire et le meilleur. Et sitôt à poil, ça a recommencé par le pire. Il s'est collé à moi de tout son long comme une immense sangsue, tremblotant, respirant par courtes saccades et me serrant comme un dingue. Quel drôle de zombie, franchement, ce Pollon ! Le

19 rue des Petits-Lapins réservait surprise sur surprise. J'aurais dû avoir peur. Il aurait pu me briser
comme une noix. Cette image m'est d'ailleurs venue
un instant. Charlène, la pauvre petite noisette, fra-
cassée par son colossal casse-noix muscle et fer. Je
n'ai pas eu peur pourtant. Je crois que je commençais
à comprendre un peu ce drôle de bonhomme. Il a
des petits problèmes, le mec, mais dans le fond, c'est
pas un mauvais bougre.

Et puis, après le pire, au moment où on s'y attend
le moins, il invente le meilleur. Ses mille mains ont
recommencé à fureter de partout, voyageant de mes
orteils au bout du nez. Il s'est détendu à nouveau, et
est redevenu mon Apollon merveilleux, l'artiste au
toucher incomparable. Ses doigts, ses mains, étaient
magiques. Ses bras aussi. Le bras d'un homme, c'est
quelque chose. On ne parle pas assez du bras. Les
nanas ne parlent que de bites, c'est complètement
nul. Moi la première bien sûr. C'est ma spécialité chez
ces connes de *Vertes et mûres*, de parler de bites, mais
je m'en fous complètement des bites ! C'est nul ce
truc. Ce qui compte, c'est le bras. Ou les pectoraux,
la carrure, quand t'es en forme et que t'as envie de
flasher, surtout si tu sors en boîte. Mais y a aussi les
jours sans, de petits chagrins ou de grosse fatigue. Et
là, t'as besoin du bras. Ça peut commencer par
l'épaule si c'est vraiment la grosse grosse fatigue.
Poser ta tête sur une épaule solide, putain, ça lui fait
du bien à cette pauvre tête ! Ensuite vient le bras, qui
t'entoure, qui t'enveloppe. C'est cela le rêve quand
ça va pas très fort : se sentir enveloppée. Fermement
et doucement à la fois. Serrée et caressée. Parce qu'au
bout du bras, il y a la main, les doigts, aptes à tant

de délicatesses, entraînant aussi au pays des plaisirs vibrants. J'aime bien le sucré-salé en cuisine (j'ai pensé à la cuisine car j'avais faim, il avait oublié ce détail, Samy), cette incertitude, ces revirements du goût. Le bras c'est du sucré-salé. Il est tout. Il serre et il caresse. Samy avait des bras encore plus nombreux que ses mains. J'avais l'impression délicieuse d'être livrée à une armée de bras. Doux et musclés. Si longs qu'ils faisaient plusieurs fois le tour de ma ronde personne. Si forts qu'ils déclenchaient des images de bonheur. J'adore ça. J'en éprouve du plaisir, vraiment. J'en aurais presque joui. Presque. Faut pas exagérer non plus. La jouissance-jouissance, je connais pas ce truc-là, il paraît que je suis pas la seule. Mais presque, ça m'arrive. Du vrai plaisir. Du plaisir très agréable. Il faut que je sois très détendue. Quelques mojitos, ça m'aide. Ou alors des super vacances (une île sous les cocotiers ou un palais des mille et une nuits, croyez-moi, je ne suis plus la même !). Il me faut des belles images de beau mec dans la tête, correspondant au mec qui est précisément là. Il me faut une armée de bras. Plus les caresses cerise-sur-le-gâteau, là où ça déclenche de petits feux d'artifice.

Avec Samy, on peut pas dire que j'étais détendue, pas du tout. Normalement, j'aurais dû me glacer, partir la tête ailleurs, comme ça m'arrive souvent dans mes *Bed and Breakfast*. Assurer le job, quoi. Au besoin avec un peu de simulation pour être sympa avec le mec. En fait ça m'embête de dire que je simule, parce que c'est pas exactement ça. J'en rajoute un peu c'est sûr. C'est pas dur de respirer plus fort, de donner au souffle des sonorités, du fond de la gorge. Mais en rajouter un peu, c'est surtout une manière de rentrer dans l'action, d'y croire moi-même, de me mettre à vibrer réellement, de tout mon corps. Et quand un mec est beau, un vrai dieu, et sait y faire comme Samy, y a pas besoin de se pousser beaucoup, bordel. Ça décolle au quart de tour.

Samy, dès qu'il quitte sa raideur de piquet, il danse avec ses mains, avec son corps. Il t'embarque en rythme, comme dans un tango ; passages lents, petits pas de côté, avant des étreintes et des tourbillons. Mon corps chantait argentin. Tout mon corps, même mes putains de fesses. C'est cela que j'ai trouvé de plus génial chez lui, sa main caressait mes fesses comme elle aurait caressé ailleurs. On aurait pu croire qu'il n'avait rien remarqué. Ou que j'avais soudain perdu mon gros derrière. Incroyable ! Déjà, il ne m'en avait pas dit un mot avant (bon, c'est vrai qu'il ne dit jamais rien). Mais maintenant qu'il me visitait de partout, il était frappant de constater qu'il ne semblait accorder aucune attention particulière à mes fesses. Parce qu'il faut dire que j'en ai rencontré des drôles, des mecs. Ceux qui veulent pas de toi à leur bras parce que t'as un gros cul, les cons ! Mais aussi ceux qui, une fois dans l'intime, te font une complète fixation là-dessus. Ils ne te lâchent plus, la main au mauvais endroit. Et va que je te malaxe et que je te remalaxe mon gros derrière. Si au moins ça avait les vertus d'un massage amincissant ! Il leur faut du gros sein et de la grosse fesse, ces abrutis. T'es plus rien d'autre qu'un gros sein et une grosse fesse. C'est les pires ces tordus. Quand un mec commence à me triturer consciencieusement mon cul du diable, je l'envoie balader. Car en plus il t'ignore ensuite quand tu vas en boîte. Ta grosse fesse ne l'intéresse qu'en privé. Des abrutis de connards de dernière catégorie. Du point de vue de mes fesses, Samy, au contraire, était absolument parfait.

Enfin arriva l'heure de l'apothéose pour les mecs, la pénétration de la nana. Disons tout de suite que ce n'est pas ma tasse de thé (d'ailleurs je bois du café). Je déteste pas, mais c'est pas ma tasse de thé. Avec Samy pourtant c'était vraiment bien, presque très bien. Son corps musclé, ses mille bras, étaient encore plus forts, enveloppants. Ils dansaient. Tango hurlant son accordéon. Je ressentais son énergie, son plaisir. J'en aurais presque joui. Les bonnes notes de ce *Bed and Breakfast* très spécial commençaient à s'accumuler. Par curiosité, j'avais jeté un coup d'œil sur sa chose. (Officiellement, j'étais quand même la reine des bites, ne l'oublions pas.) Qui me sembla beaucoup moins impressionnante que le reste de sa musculature, très loin sans doute des dimensions annoncées sur le blog de Lena. Moi personnellement, je m'en fous, je l'ai déjà dit, ces histoires de bites sont des conneries dans lesquelles j'ai été entraînée. La question n'était pas celle-là, mais qu'il s'agissait à nouveau d'un truc que je ne comprenais pas chez Apollon. Comment imaginer que ce soit ce Samy-là qui se soit vanté sur le blog ? Lui si timide, qui ne dit jamais rien. Décidément, ce mec est à lui seul toutes les contradictions du monde. Pas du tout le genre bonimenteur ou dragueur. Il n'avait même pas de préservatifs chez lui, ce con. C'est tout juste s'il ne m'a pas demandé ce que c'était un préservatif, putain ! Mais d'où il sort, ce mec ? Heureusement j'ai toujours tout dans mon sac, à l'intérieur de ma super-pochette « Au cas où ». Et hop ! Un préservatif pour Monsieur.

Je n'avais pas regardé l'heure. D'ailleurs c'était pas possible, il faisait tout noir (tant mieux). L'hypothèse radin-Leader Price se vérifiait : sa bougie à trois balles n'éclairait rien et n'avait pas duré longtemps. Ou alors c'est nous qui avions pris tout notre temps. Probable. Il y avait eu beaucoup de lenteurs délicieuses, je ne m'étais pas ennuyée malgré ce coucher si tôt, je n'avais pas vu le temps passer, il devait être très tard. Je me suis endormie au creux de son épaule, la tête sur ses pectoraux, merveilleusement bien, confortable, malgré la dureté de cet oreiller. Le seul point pénible était la petite faim qui me tenaillait.

Combien de temps avons-nous dormi ? Je l'ignore. Un peu sans doute. Toujours est-il qu'au petit matin, j'ai perçu de l'agitation dans la chambrée. Putain de bite des mecs ! Faut toujours qu'elle relève la tête, et ensuite ça les mène par le bout du nez. Je sentais la sienne au père Pollon, toute fière d'être raide comme Artaban. Et ça l'agitait, le pauvre, sa chose au garde-à-vous ! Il a commencé à me caresser, de plus en plus fort, pas comme pendant la nuit. À me tripoter comme un dingue, ce con, même les fesses, bordel. Ce n'était plus du tout le Samy parfait du point de vue de mes fesses. Moi je voulais dormir, putain ! J'étais bien comme ça dans ses bras, avec deux-trois petites caresses, je ne demandais pas autre chose. Et puis il était trop tôt. Je ne suis pas une couche-tôt, mais pas une lève-tôt non plus. 8 heures, ce serait bien suffisant, l'agence était juste à côté.

Au bout d'un moment, je ne pouvais plus simuler le sommeil. Il me secouait tellement dans tous les sens que c'était pire que si on m'avait lancé un seau d'eau. Et puis fallait penser un peu à lui, aussi. Visiblement il n'en pouvait plus de retenir sa chose. J'allais donc céder quand, ô surprise, il a baissé le rythme. J'ai attendu un peu, il le baissait encore. Ouf ! J'étais sauvée *in extremis*. Tranquille. Comme un gros chat. À ronronner dans ses bras.

8.

Premier matin

Tranquille pas pour longtemps, car le réveil a été brutal. Dans son style administratif impayable, Apollon avait choisi cette fois l'horloge parlante : « Dring-dring, il est 8 h 30 ! » 8 h 30, putain, c'est pas vrai ! Eh là ! Je bosse à 9 heures ! Moi qui suis plutôt du genre diesel le matin, j'avais bondi dans ma tête, les sangs fouettés par le stress. Réussissant l'exploit inhabituel d'avoir l'esprit clair en moins d'une seconde. Mais l'esprit clair en question se sentait très seul, désemparé, perdu. Où étais-je, bordel ? Qu'est-ce que c'était que cette piaule bizarre ? Ce vélo à la con ? Ah ! le fauteuil de Monsieur, oh ! le putain de pouf ! Ça y est, tout me revenait en mémoire, le meilleur et le pire, la suite d'événements pénibles et ridicules de ce *Bed and Breakfast* trop bizarre.

Une demi-heure à peine ! Je n'avais qu'une demi-heure pour trouver mes repères, me laver, me préparer, et manger. Manger, bordel ! J'avais une faim d'ogre. Après bien des péripéties, le *bed* avait eu ses attraits, mais j'attendais maintenant le *breakfast* ! Un café, des tartines, du solide, du sérieux, un vrai breakfast quoi, comme chez les English. C'est ainsi que je mange le matin, et ce matin-là, j'avais encore plus la dalle.

Chaque chose en son temps. Avant de manger, il fallait passer sous la douche. Et avant de passer sous la douche, il fallait sortir du lit. *Damned !* Sortir du lit ! C'est toujours le moment le plus difficile pour moi, je n'ai pas encore trouvé la technique pour résoudre le problème. Le problème de mes fesses. Sortir du lit au petit matin est pratiquement impossible sans exposer le cul du diable au regard de mon amoureux d'un soir. Sauf s'il s'est levé le premier. Hélas Apollon n'esquissait pas le moindre mouvement. Ou plutôt si, de sa main, sur ma cuisse. Putain il ne manquait plus que cela ! Pas le temps, ducon ! Au secours !! J'avais déjà perdu cinq minutes, il fallait impérativement sortir. Maintenant ! J'ai imaginé m'envelopper habilement dans le drap, comme on voit dans les films. Mais ça ne marche que dans les films ce truc-là, le drap était coincé au pied du lit. J'ai eu alors l'idée de demander à Samy une serviette. Une idée géniale, je croyais. Un coup double. Parce que celle de la salle de bains, j'avais déjà eu l'occasion de faire sa connaissance la veille. Et on peut dire qu'elle avait des heures de vol, putain ! Je me voyais m'envelopper dans un grand drap de bain pour sortir du lit, le tour était joué, c'était parfait. Ça, c'était dans mon petit cinéma personnel ; mon film à moi, tout aussi éloigné du réel. Apollon a disparu dans un placard, et n'est revenu qu'après un temps fou. Bordel, si j'avais su, j'en aurais profité pour filer sous la douche ! Quelle conne, j'étais restée là à attendre la serviette. Et quand il est enfin arrivé, Apollon m'a tendu un essuie-main grand comme trois timbres-poste, absolument insuffisant pour mon imposant postérieur. Cerise sur le gâteau, Samy restait là, planté comme un âne, à un mètre, me fixant comme s'il ne m'avait jamais vue. J'étais en train de vivre l'histoire la plus nulle de ma vie, grotesque, comique si elle n'avait été aussi pénible. Du Laurel et Hardy. Il ne me restait plus qu'un bon quart d'heure. J'ai glissé aussi gracieusement que possible jusqu'au bord du lit, le drap couvrant la zone problématique. Il fallait maintenant préparer la sortie, quel qu'en soit le prix à payer. La serviette ne couvrait pas le tour de ma taille. En tirant très fort, j'ai réussi à attraper les deux extrémités d'une seule main, serrée sur mon ventre. La zézette à poil, mais ça je m'en foutais, Apollon pouvait bien mater comme un obsédé. L'important était qu'un bout de tissu quelconque masque un peu mon cul du diable.

La douche a été vite expédiée, le maquillage encore plus ; j'étais à peine présentable. D'autant que, excepté le slip, je repartais pour un tour avec les vêtements d'hier. Je sentais que je n'allais pas être très à l'aise, toute la journée, à l'agence. Vivement ce soir, pour me laver la tête de tout ça ! Le *Bed and Breakfast* avait très très mal commencé, puis la nuit avait révélé quelques bonnes surprises, mais il était en train de se terminer de façon aussi catastrophique qu'au début. Samy avait préparé la table : un bon point. Hélas, horreur des horreurs, quand je suis sortie de la douche, Monsieur s'était installé dans son royal fauteuil ! Il avait posé des bols ignobles sur de drôles de soucoupes, grandes comme des assiettes ; mon bol m'attendait devant le pouf. Oh non ! Pas le pouf ! Il n'était pas question que je subisse à nouveau cet engin de torture. De toute façon je n'avais que deux ou trois minutes devant moi. Je suis donc restée debout. Mais la liste des petites catastrophes n'était pas terminée. Rien ne me serait donc épargné ? Le pompon a été le café. Pas de café, bordel, il n'avait pas de café ! Le père Pollon, il boit du thé le mec, encore une chose bizarre. Le thé, c'est un truc de nanas, dans des salons pour nanas, avec un petit gâteau. Je tombe sur le seul monsieur-muscles de la planète qui boit du thé. Et qui n'a pas de café chez lui. Et qui n'a que des biscottes. Qui datent d'avant la guerre, mollasses que c'est pas possible. Et qui me pose sur la table un pot de confiture premier prix d'un kilo, avec dedans un couteau. Apollon, il prend le beurre avec une cuillère et les confitures avec un couteau ? Ce type, c'est tout à l'envers.

— Tu prends tes confitures avec un couteau ?
— Oui, pourquoi ?

Samy avait l'air étonné ! Moi, je vous dis, quand vous prenez de la confiture avec un couteau, et qu'elle est très liquide la confiture, eh bien il n'en reste pas lourd sur la biscotte ! Le pot peut durer toute une année à ce rythme-là. Et la biscotte, elle n'a pas le goût de fraise, juste de biscotte. De biscotte molle. J'essayai le thé. Dégueulasse ! Du thé, quoi. Il me fallait un café, il me fallait un café, bordel ! J'avais faim, je crevais de faim ! Samy avait bien rempli un énorme plat de junk food, au moins une tonne de cacahuètes et chocolat sous plastique, Mars et compagnie, de toutes les couleurs. Quelle drôle d'idée ! Ce n'était pas un goûter pour enfants ici, ce n'était pas Noël, c'était un breakfast, un breakfast ! Ou bien il s'agissait d'une provocation de sa part. Il voulait me tenter, voir mes fesses gonfler encore davantage, que je ne puisse plus tenir d'une seule main sa serviette à la con.

Je m'égarais à nouveau, mes pensées partaient dans du grand n'importe quoi, et comme toujours c'était mauvais signe. En vérité je me sentais très nerveuse, agacée, cassante, alors que ce pauvre Pollon ne méritait pas ça, même si l'adresse était nulle, et encore plus archinulle pour le breakfast. Je voyais sa mine de chien battu, il me faisait presque pitié. J'ai voulu dire un mot gentil pour détendre l'atmosphère. Samy était encore plus muet que d'habitude ; ce n'est pas facile de parler à un muet. Et puis merde à la fin ! Il était 9 heures moins 5, je n'aurai même pas le temps de prendre un café au *Bar du coin*, j'allais être en retard. Marre à la fin de cette histoire à la con ! J'ai décidé de partir.

J'étais déjà à la porte, j'allais m'en aller, nous ne nous étions même pas salués. Je n'avais pas envie de l'embrasser, même un tout petit bisou sur la joue. Je sais, c'est idiot. J'étais la première à ne pas être très fière de cette attitude aussi dure, qui me ressemblait si peu. Mais je voulais maintenant en finir, une fois pour toutes, et rapidement. Inscrire un grand « FIN ! » au bas de cette histoire minable. J'aurais même dû être partie depuis bien longtemps, hier soir, avant la margarita. Je devais déguerpir au plus vite.

C'est alors que j'ai vu mes chaussures. Putain, mes talons hauts ! À moitié planqués sous la couverture, au bord du lit. Je les avais oubliés dans la tourmente, j'avais enfilé mes mocassins habituels, retirés la veille de mon sac en cherchant mon slip et ma brosse à

dents. C'était la cata. J'ai perdu mon sang-froid. J'ai
senti que je perdais mon sang-froid et que j'étais ridicule. Mais la petite voix qui me le disait était bien
trop faible pour me retenir. Mon corps voulait
résoudre le problème coûte que coûte. Faire rentrer
de gré ou de force les escarpins dans mon sac minuscule. Un corps entêté, un corps sans tête, un corps
con comme un balai. Je le voyais bien pourtant que
cela ne pourrait jamais rentrer, mais j'insistais quand
même. C'est Samy qui m'a ramenée à la réalité, en
me faisant calmement remarquer que mes tentatives
étaient vouées à l'échec ; les chaussures ne rentreraient jamais dans mon sac.

9.

Les chaussures du destin

Quand je réfléchis aujourd'hui à cette scène étrange, je comprends mieux ma nervosité stupide. Une intuition m'avait traversé l'esprit. J'avais senti – très vaguement, mais j'avais senti quand même – que le destin était peut-être en train de me jouer un vilain tour. Les chaussures étaient un signe. Toute cette histoire semblait d'ailleurs bien trop bizarre depuis le début, il y avait là quelque chose qui allait au-delà du normal. Pourquoi n'étais-je pas partie hier soir, pourquoi avais-je bu cette horrible margarita, pourquoi avais-je accepté sans rien dire le supplice du pouf ? Quelque chose, une sorte de maléfice, m'accrochait à ce lieu qui n'avait pourtant rien d'enchanteur. C'est pour cela que j'avais été si dure avec Samy ce matin-là, que j'avais cherché à fuir sans même un bisou, que j'essayais de toutes mes forces de faire rentrer les talons dans le sac. Parce que je sentais que j'étais en train d'être prise au piège, par un monstre invisible. À chacune de mes tentatives, le monstre invisible trouvait une astuce pour m'empêcher de partir. Maintenant, c'étaient les talons.

J'étais pourtant déjà sur le palier, presque sauvée. Puis je les avais vues. Je ne pouvais abandonner mes belles chaussures toutes neuves, celles qui me remontent la fesse et me la font plus dure. Hélas en franchissant le seuil, j'eus comme un mauvais présage, une drôle de sensation de drôle de piège, insaisissable et mou, qui m'attirait et se refermait sur moi. Samy a repoussé la porte. Les escarpins ne rentreraient pas dans mon sac, je pouvais essayer, mais ils ne rentreraient jamais. Je ne pouvais pas aller à l'agence avec mes chaussures à la main, c'était hors de question. J'avais déjà été victime de bien trop de moqueries suite à des *Bed and Breakfast* à problèmes, il fallait désormais que je veille à ma réputation.

9 h 10 ; j'étais carrément en retard. Le muet parla. Trois, quatre mots, comme à son habitude. Exactement ceux que je redoutais hélas, que je n'osais penser moi-même. Ambigus. Redoutables.

— Tu les laisses là, tu les prends ce soir.

— Ce soir ?

— Oui… Ce soir.

— Mais…

— Tu pensais pas venir ce soir ?

— …

— T'as pas envie ?

— Écoute, Samy, c'était sympa, mais faut pas non plus croire je ne sais pas quoi.

La vie se joue parfois en quelques secondes. Un seul coup de dé. Entre deux portes. J'avais dit à Samy que notre histoire s'arrêtait là. Merci, salut l'artiste ! (Ou plutôt le semi-artiste.) Visiblement il ne partageait pas mon point du vue. Situation pénible mais on devait bien clarifier les choses à un moment ou à un autre. Il s'agissait d'un *Bed and Breakfast*, point à la ligne ! En plus, d'un *Bed and Breakfast* archinul, surtout pour le breakfast. Il n'y avait donc pas à hésiter… Enfin, archinul, il ne fallait pas non plus exagérer, Samy, tel un magicien sortant un lapin de son chapeau, savait aussi tromper son monde. Justement, je devais éviter de penser à ça, à ses pectoraux, à ses caresses. Pour rester claire dans ma tête. Il n'y avait pas à hésiter. La meilleure preuve était mon désir de fuite ; je ne me sentais pas du tout bien dans cette piaule.

Hélas il y avait les chaussures.

— Mais tu peux passer juste pour prendre tes chaussures. Ou juste pour une margarita.

— Ah non, putain, pas la margarita !

— Alors juste pour prendre tes chaussures.

— Alors juste pour prendre mes chaussures… OK… Je file.

C'était le plus simple en effet, évident ; je viendrai uniquement pour prendre mes chaussures.

Ce n'était pas du tout simple, pas du tout évident, je le sentais dans un coin de ma tête. J'aurais dû laisser tomber ces satanées godasses. Que pèsent deux escarpins au regard de toute une existence ? Mais quand on craque, on craque, bordel, ils étaient trop top franchement ! Je passerai JUSTE pour prendre mes chaussures. Et puis je lui avais dit que tout était fini. Donc juste les chaussures. Un peu comme si je les laissais à la consigne. Étant donné qu'il adore le style administratif, Apollon, je lui ai demandé cette fois d'être le type de la consigne. « Bonsoir madame, vos chaussures sont là, les voici, au revoir, bonne soirée. »

Qu'est-ce qu'il pouvait bien avoir dans la tête, Samy ? Mystère. Il était tout bizarre ce matin-là, ailleurs, très loin, perdu dans ses rêves. Ou alors amoureux. Amoureux ! Amoureux de moi ! Ça me faisait drôle de penser à ça. Non, s'il avait été vraiment amoureux, il me l'aurait dit, tout muet qu'il est, je devais me tromper. D'ailleurs, ce qui prouvait bien qu'il n'était pas amoureux, ou pas si amoureux que ça, c'est qu'il n'avait pas bronché quand je lui avais parlé tout net. Il avait eu la présence d'esprit de proposer la consigne à bagages. Je passerai juste pour prendre mes chaussures.

J'étais maintenant très en retard. Je commençais pourtant à me calmer. Je passerai ce soir, juste pour prendre mes chaussures, avant de rentrer chez moi. Tout était clair. Un peu pénible mais clair. Charlette l'intrépide, la forte, l'inoxydable, reprenait le dessus. Enfin ! (Lena aurait été fière de moi.) Je retrouvais l'aisance qu'il m'est si rare de perdre. J'ai même réussi à lui faire une petite bise sur la joue avant de partir. C'était quand même mieux comme ça ! Je suis partie pour l'agence en courant.

Cette journée-là a été une journée très bizarre. Bizarre-bizarre. Je ne me sentais pas très bien, pas fraîche dans mes fringues de 48 heures, troublée dans mes pensées. Je suis arrivée en retard à l'agence. J'ai eu l'impression que tout le monde me regardait d'un drôle d'air, prêt à me pointer du doigt. De petites séquences de cauchemars éveillés s'enchaînaient dans ma tête. « Charlène ! Charlène ! Qu'est-ce qui t'est encore arrivé ? Honte à toi, petite traînée ! Et tu ne te laves même plus maintenant ? Tu es sale, mal fagotée, Charlène. Pas nette. Tu es en train de tomber

de plus en plus bas ! Au fond du trou. Honte à toi ! »
J'ai à peu près assuré le job, mais comme une auto-
mate, tentant de chasser ces vilains rêves. Hélas ils
étaient remplacés par quelque chose qui ne valait guère
mieux. Une idée fixe. Ou plutôt une image fixe. Mes
escarpins ! Ils s'affichaient soudain dans mes pensées,
déclenchant une grosse émotion, comme si j'avais été
face à une vision d'horreur. Bizarre, vraiment bizarre.
Pourquoi tant de stress à la vue de simples godasses ?
En plus, des escarpins tout mignons, dont j'étais si
fière hier encore. Ils me lançaient un message, c'était
sûr. Un message angoissant. Que je ne parvenais pas
à déchiffrer. Bordel !

La journée a avancé cahin-caha, entre paranoïa et
talons menaçants. Dans l'après-midi, je me suis rendu
compte que nous n'avions pas fixé d'heure pour notre
« rendez-vous ». Putain, j'avais oublié sa putain de
muscu ! Il allait falloir que je poireaute encore dans
le quartier pour attendre Monsieur. J'étais épuisée,
un nouveau martyre s'annonçait. J'ai fait son numéro.
Cette fois, Monsieur a daigné répondre.

— Allô, Samy ? C'est Charlène.

— Oui, bonjour, ça va ?

— Oui, ça va. Je voulais te demander : à quelle
heure je peux passer… C'est pour prendre mes chaussures, tu sais…

— Oui… Quand tu veux.

— Mais quand je finis à l'agence, tu as ta musculation, non ?

— Non, je n'y vais pas aujourd'hui. Je suis chez
moi. Tu passes quand tu veux.

J'aurais dû être soulagée. Mais cette bonne nouvelle a encore aggravé mon malaise, ma perplexité.

C'était louche, tout ça. Le Pollon, normalement, il n'abandonne jamais sa muscu, même pour une première date avec une nana, j'étais bien placée pour le savoir. C'est sacré, quoi, intouchable. Or là, tout d'un coup, en ce jour étrange, il avait lâché l'affaire. Bizarre. Est-ce que ça voulait dire quelque chose ? Est-ce que mes escarpins transformés en vision d'horreur voulaient me transmettre un message ? Les deux signes mystérieux étaient-ils liés ? J'ai tourné tout ça sept fois dans ma tête, mais rien n'en est sorti. Aucune réponse. Il fallait que j'arrête de me torturer les méninges comme ça, alors que ça donnait rien en plus, je devais me concentrer sur la conduite à tenir, me fixer un plan de route précis pour éviter tout dérapage, et il n'y aurait pas de problème. Au diable cette angoisse ridicule ! Il suffisait que j'aille chez Samy, que je frappe à la porte, que je lui dise bonjour. Inutile d'être trop sèche d'ailleurs, un petit bisou ne me mettrait pas en danger. « Bonsoir, ça va ? Je suis venue chercher mes chaussures. » Il me les donnerait, on dirait trois banalités, un autre petit bisou (d'adieu cette fois), et rideau, terminé, je rentre enfin chez moi. Bisou d'adieu ? Pas forcément d'adieu, le bisou. Si tout se passait très simplement, on pourrait convenir de rester amis ensuite avec Samy, amis de loin. Ou peut-être même, qu'une fois, il accepterait de venir à une soirée ? Ah si je pouvais (une seule fois) me l'accrocher à mon bras, mon bel Apollon ! Ou bien, une autre fois, comme ça, recommencer un *Bed and Breakfast*, mieux organisé (j'amènerais mon café).

Je me rappelle très bien. Mes pensées étaient parties en couilles exactement comme ça, en montant l'escalier. Alors que j'aurais dû répéter la scène pour éviter

tout dérapage (« Bonsoir, ça va ? Je suis venue chercher… »), c'était glissade sur glissage dans ma cervelle.
J'aurais dû me méfier, ça ne se passait pas comme
prévu. Mais j'étais incapable de réfléchir. Car une
étrange sensation m'avait envahie, m'empêchant de
penser à autre chose. Je montais l'escalier après ma
journée de travail ; comme hier. Le même escalier. Les
mêmes gestes. Je reconnaissais l'odeur, le pavé cassé
de la troisième marche, *L'Homme à l'oreille coupée*,
blafard, dans le virage. Un Van Gogh qui a perdu ses
couleurs, c'est plus un Van Gogh, c'est plus valable,
il faudrait changer ce poster à la con. Comment ça,
changer le poster ? Mais c'est pas mes affaires, qu'il le
garde s'il le veut son Van Gogh incolore ! Mais ce con
d'homme à l'oreille coupée me regardait d'un drôle
d'air, et ça m'a fait froid dans le dos. Lui aussi voulait
me dire quelque chose. Et ce message-là, je crois
qu'une petite oreille (pas coupée) en moi l'entendait.
Mâchonnant sa pipe, il me murmurait que je ne pourrais pas me débarrasser de lui comme ça, que c'était
trop tard désormais, qu'il était entré dans ma vie.
Comme l'odeur. Comme le pavé cassé de la troisième
marche. Ces détails étaient déjà entrés en moi, dans
mon corps, dans mes profondeurs ordinaires. Ils exha-
laient un parfum de familiarité, qui leur donnait la
forme de repères. De repères de la vie, dans ce qu'elle
a de plus basique. Détestable à en hurler, mais basique.
« Regardez ! Bobonne-Charlène rentre chez elle,
comme tous les soirs, dans son escalier pourri. » Je
hais la routine. La routine, c'est la mort. Je veux vivre,
moi. Dans la folie de mes rêves les plus fous. Je suis
Lafillekirev, bordel ! Je ne veux pas mourir ! Pas maintenant ! Pas dans cet escalier maudit.

10.

Un autre monde

Jamais un escalier ne m'a paru si long, si pénible à monter. Enfin arrivée sur le palier, deux secondes, j'ai remis mes idées en place (« Bonsoir, ça va ? Je suis venue chercher... »). Juste lui demander mes chaussures, basta. Et partir chez moi. J'ai sonné. Samy a ouvert la porte. *Damned !* Qu'est-ce qui s'était passé ici ? Une révolte ménagère ? « Non, sire, c'est une révolution ! » L'Ancien Régime (poussière et piaule de mec) avait été renversé ; un autre monde était donc possible ! Ça sentait le propre que c'était impensable. Le lit était transfiguré, tiré à quatre épingles. Samy avait un sourire aux lèvres (un sourire ! je ne l'avais jamais vu sourire !). Un petit pull noir col en V totalement craquant (qui moulait ses pectoraux, putain !). Il y avait une nappe sur la table basse (une nappe !). Un bouquet de fleurs, oui, un bouquet ! Des freesias blancs et roses qui sentaient super bon. Ça sentait le propre, ça sentait les freesias, et ça sentait autre chose, vachement bon. Putain, il avait fait la cuisine ! J'y crois pas !

— T'as fait une bouffe ???

— Oh, non, c'est juste… des petits légumes… je les fais revenir, légèrement, doucement, juste blonds, avant de les mettre en papillotes… des papillotes de saint-pierre.

— Putain ! Tu te fais ça souvent, des trucs comme ça ?

— Non, pas très souvent… je savais que tu venais…

— T'as préparé à manger pour moi ?

— Oui, pour me faire pardonner d'hier. C'était vraiment n'importe quoi, tu as dû avoir faim. Tu n'avais même pas de café ce matin. Je suis désolé, c'est pour me faire pardonner.

— Putain…

— Et puis, la margarita, tu n'as rien dit, mais elle n'était pas très bonne, elle était forte. Ce soir j'ai mis au frais une bouteille de pouilly. Un fuissé sublime, aux saveurs de miel et de fleurs d'acacia.

Du pouilly, putain ! Aux saveurs de miel et de fleurs d'acacia ! J'avais furieusement envie d'un verre de pouilly ! J'avais faim en plus. (Des papillotes de saint-pierre !) Je souffrais d'un manque de bouffe gargantuesque. Pour rattraper mon retard, à l'agence, j'avais sauté le déjeuner. Ça n'avait servi à rien de me dire que c'était bon pour mes fesses, que c'était l'occasion de faire un régime, j'avais l'estomac dans les talons. Les talons ! Putain, les talons ! Surtout ne pas oublier les talons. J'étais venue pour prendre mes godasses. Accepter le pouilly (trop envie !), accepter les papillotes (trop envie !), et puis se dire au revoir. En toute amitié. En simple amitié.

Seule fausse note dans cet univers merveilleux : le pouf. La révolution avait été incomplète ; le pouf était

toujours là. Je n'allais quand même pas faire ma cho-
chotte pour un maudit pouf. Merde à la fin ! J'avais
trop envie d'un verre de pouilly. Aux saveurs de miel
et de fleurs d'acacia. Pas hésité une seule seconde !
Juste un verre de pouilly (ou deux). Juste une papil-
lote de saint-pierre.

À peine assise sur le pouf, hélas, j'ai regretté. C'était
toujours aussi instable ce truc. Samy, comme hier, était
parti dans la cuisine, me laissant seule comme une
conne. Sur l'engin de torture. Comme hier, je regardais
le fauteuil vide en face de moi, le fauteuil de Monsieur,
n'osant pas m'y installer. Putain ! L'horrible sensation
de l'escalier m'est retombée sur les épaules, en bien
pire encore. « Regardez, c'est Bobonne-Charlène, la
bobonne à Samy, presque un couple de petits vieux,
elle est à sa place de chaque soir, désespérément seule,
sur son pouf. Mesdames et messieurs, c'est ainsi que
se termine ce triste récit. La morale de l'histoire ? Il
faut toujours se méfier des chaussures. Elles peuvent
être les messagères du destin, faire basculer une existence. Vers le drame. »

Samy est enfin revenu. Je n'avais pas bougé d'un
millimètre. Heureusement il y avait le pouilly. Le
pouilly, bordel ! Pire qu'avec mon mojito, la veille, au
Bar du coin : quand j'ai reposé mon verre après ma
première gorgée, il n'en restait plus que la moitié. Une
grosse gorgée, putain ! J'avais l'impression d'être dans
une de ces pubs pour boissons à la télé, où un pauvre
mec crève de soif dans le désert. En plus, il avait raison,
Samy, le pouilly était génial. Je ne sais pas s'il avait un
goût de miel et de fleur d'acacia, mais il était « vachement » bon comme aurait dit maman. Rafraîchissant
comme une citronnade, apaisant comme un élixir de

félicité. Dès la deuxième gorgée, j'avais oublié les séquences d'horreur sur Bobonne-Charlène. J'avais même oublié le pouf. Le pouilly avait accompli un petit miracle. Je n'étais même pas trop gênée par le silence. Car Samy ne parlait toujours pas (excepté quelques commentaires sur le pouilly). Et pourtant, j'étais presque bien. Il s'est levé pour mettre un CD.

> *Qui de plus heureux au monde que moi*
> *Quand, dans mes souliers la nuit de Noël,*
> *J'y ai trouvé ma petite fée*

— Putain, c'est *Au p'tit bonheur* ! Tu connais *Au p'tit bonheur* ?

— Oui, on les entend moins en ce moment, même presque plus j'ai l'impression, mais ça reste mon groupe préféré.

— Moi aussi, moi aussi, putain ! C'est dingue ! Surtout cette chanson-là, *Ramadan-j'sais-plus-quoi*, géniale, elle est géniale !

— *Entre Noël et Ramadan.*

— Oui, c'est ça, *Entre Noël et Ramadan*, j'adore, c'est une chanson très douce.

— Normal, c'est une berceuse, écrite pour un bébé, mais un peu politique quand même ; elle chante le mélange des cultures.

Samy fredonna sur la musique… « Entre l'Orient et l'Occident… »

— Ah, ça, je savais pas, c'est génial, j'adore. Putain, tu chantes bien, Samy ! J'adore cette chanson ! C'est incroyable qu'on la connaisse et qu'on l'aime tous les deux.

— Oui, c'est incroyable… c'est peut-être un signe.

Le signe, ça aurait pu être le mot de trop, celui qui brise la magie fragile. Les signes, le destin, tout ça, j'en avais ma claque. Leur seule évocation me donnait des angoisses. J'ai aussitôt effacé de mes pensées cette connerie de signe. J'ai ignoré aussi les souliers de Noël de la chanson. Pendant une seconde, cela m'a fait penser à mes talons. (J'étais venue pour prendre mes chaussures. Juste mes chaussures. Puis partir chez moi.) Non, non, non, tout cela était totalement secondaire par rapport à ce petit moment de bonheur, si inattendu. Le bonheur, il ne faut jamais le rater quand il se présente, elle dit, Lena, et elle a sacrément raison, bordel. Un instant de bonheur indéfinissable, doux comme du miel d'acacia, caressant comme un pouilly sublime, intensément harmonique, comme seules peuvent le mettre en musique les rencontres les plus improbables. Oui, c'était bien cela. L'étrange bien-être qui m'avait envahie ne venait pas du pouilly (un peu de lui quand même, faut être honnête) mais de la surprise, surtout de la surprise. Nous nous retrouvions soudain, Samy et moi, incroyablement proches, au cœur d'un poème, emportés par une mélodie. Nous chantions ensemble maintenant… « un p'tit bonheur qui s'donne à toutes les heures… ». Samy a ouvert une deuxième bouteille de pouilly (il en avait mis deux au frais, putain, pas radin en fait le mec, ou bien il avait tellement changé d'un seul coup que c'était plus le même). Je commençais à sentir vraiment les saveurs de miel et de fleur d'acacia. J'étais sur mon petit nuage. J'en avais même oublié le pouf… Jusqu'au moment où… Oh non ! Pitié ! Pas ça ! Horreur des horreurs ! Après m'avoir servi du pouilly,

Apollon (comme hier) tentait un nouvel atterrissage risqué sur cette connerie de pouf !

Je me suis redressée d'un bond. Pour rien au monde je ne voulais vivre à nouveau cette scène ridicule et pénible. N'importe quoi, mais pas le pouf ! Pas le pouf, putain ! Je m'étais redressée alors que lui amorçait le mouvement inverse, tout près de moi. On s'est frôlés, accrochés un peu l'un à l'autre pour garder l'équilibre. Samy m'a prise dans ses bras. Samy m'a embrassée. C'était reparti pour un tour ! Bordel ! Mais c'était pas possible ! J'étais juste venue prendre mes chaussures ! Il était hors de question que je reste ici ce soir. Je n'avais même plus de slip de rechange, des vêtements de trois jours. J'allais puer à l'agence demain, c'était pas possible, je devais m'enfuir. Maintenant ! Prendre mes godasses et m'enfuir.

— Samy, je suis désolée, je peux vraiment pas, j'ai une heure et demie de RER, je veux pas rentrer chez moi trop tard. Et ça fait un siècle que j'ai pas changé de vêtements, je vais sentir le rance à dix kilomètres si ça continue, c'est vraiment pas possible, je suis désolée, faut vraiment que je rentre chez moi. Maintenant.

— Oui, je comprends, ce n'est pas grave… on peut se voir demain alors ? J'ai pensé à un risotto au safran…

— Non, demain, je peux pas…

— Après-demain alors ?

— Après-demain ?… Euh… je sais pas…

— …

— C'est aussi risotto au safran après-demain ?

— Oui.

— J'adore.

J'avais dit oui en pensant non. J'imaginais déjà qu'une fois partie, demain, je pourrais lui téléphoner pour m'excuser, lui dire que finalement je ne pouvais pas, que c'était sympa mais que je pouvais pas. Le oui était un petit mensonge, pour pouvoir m'échapper. Un tout petit mensonge, à peine un mensonge. Une fois partie, ce serait plus facile de m'excuser, de dire que je pourrai pas venir. Une fois cela bien posé, qui sait, peut-être, plus tard, bien plus tard, à froid, rien n'interdirait la mise au point d'un contrat Samy-Charlène (ça serait vraiment génial), un contrat simple et clair : *Bed and Breakfast* de temps en temps, avec pouilly, super bouffe le soir, gros café le matin. Juste de temps en temps. Quand j'en aurais envie. Attention Charlène, ça c'est peut-être un peu trop ! Gaffe au piège de la rue des Petits-Lapins ! N'oublie pas que tu as dit oui et que maintenant il faut commencer par lui dire le contraire. Je l'avais prononcé tout doucement d'ailleurs, ce fameux oui, il était à peine audible, mais c'était un oui quand même. Je sais bien ce qui avait fait pencher la balance. C'est complètement con cette histoire. Trop gourmande la nana ! Mais, un risotto au safran, bordel, ça peut pas se refuser !

Samy m'avait laissée partir sans insister (il est gentil Samy). On s'était fait un peu plus qu'un petit bisou pour se dire au revoir. J'étais libre, putain, j'étais libre ! J'ai dévalé l'escalier à toute allure. Bye bye, Van Gogh ! Dans le RER, mon ivresse hélas s'est évanouie et tout est devenu plus gris. Merde, j'avais dit oui, un petit oui mais un oui malgré tout, ça serait pas simple de téléphoner à Samy.

D'un coup, j'ai été traversée par un violent frisson, électrique, du genre foudre mauvaise, qui m'a secouée de la nuque aux orteils, et m'a fait crier, presque fort, un « putain ! » réussissant à surprendre l'assistance blasée du RER (les voyageurs ont écarquillé un sourcil en ma direction). Putain ! J'avais oublié de prendre mes godasses !

11.

Le crapaud

Les semaines qui ont suivi ne sont pas très intéres-
santes à raconter. Je me sens fatiguée. J'étais retournée
chez moi. Chez ma mère. J'avais pris une douche interminable. Les factures d'eau, j'en suis sûre, sont en lien
direct avec les problèmes dans la tête. Mais la douche
n'avait rien résolu. J'avais beau tourner mon « oui »
dans tous les sens, je ne voyais plus trop comment
expliquer à Samy. Il est gentil, Samy. Et puis il y avait
les chaussures. Et puis le risotto au safran. Bref, je n'ai
plus trop envie de penser à ça, mais j'avais fini par me
dire que quitte à retourner chez Samy un jour ou
l'autre, autant que ce soit le surlendemain, comme
prévu. Ça m'évitait un coup de fil pénible. Dans quinze
jours ou après-demain, c'était pareil après tout. Pourquoi me torturer les méninges pour ce détail ridicule ?
Je n'ai plus trop envie de penser à ça. Peut-être que
c'est là que tout s'était décidé ? Sous la douche. Je ne
sais pas.

J'étais venue à l'heure dite pour le risotto au safran.
Dans l'escalier, à la troisième marche, celle au pavé
cassé, j'avais compris que cette fois, irrémédiablement,

quelque chose était en train de basculer dans ma vie. Ce décor lugubre était en train de me rentrer dans la peau. *L'homme à l'oreille coupée*, plus livide que jamais, me semblait avoir un regard sinistre. Un regard qui me regardait. Je sortais du boulot, j'avais presque l'impression de monter chez moi. Mon régulier m'attendait. Mon régulier, il fait bien la cuisine (ça c'est un bon point). C'est un mec superbe (bon point aussi). Mais ma jeunesse était en train de foutre le camp, bordel ! J'étais en train de mourir. Et mes rêves dans tout ça ? Les mille folies les plus folles ? Les vibrations sans contraintes ? L'ivresse de l'aventure ? J'étais trop jeune pour mourir, putain. Pourquoi je montais encore ce putain d'escalier ?

J'étais entrée. Il y avait eu le risotto. Excellent. Un gigondas ; ce soir-là c'était gigondas. Un peu costaud pour le risotto, mais plein en bouche et chassant vite les idées grises. Excellent. Il y avait eu le baiser au bord du lit. Il y avait eu les exercices nocturnes. Excellents. Il y avait eu la grosse surprise du break-fast. Excellent (du fromage ! du jambon !). Des choses plutôt bien, tout ça. Mais je voyais mon existence s'installer bizarrement dans une drôle de vie à deux. À vitesse accélérée. Effrayant. Une vie à deux qui avait déjà ses routines, putain ! Quand je dis que je voyais, c'est vraiment ça, je le voyais, je me voyais, j'étais spectatrice d'un film dans lequel je jouais le premier rôle, le rôle de Bobonne-Charlène. C'était moi sans être moi, cette Charlène-là. Non, ce n'était pas moi, ce n'était pas possible, tout cela allait s'arrêter. Il était juste question d'un risotto et de quelques câlins, je pourrais débrancher quand je voudrais, tout cela allait s'arrêter. C'est vraiment ce que je me disais, je pensais que tout cela allait s'arrêter. J'allais redevenir la Charlène d'avant.

Cela ne s'est pas arrêté. Je n'ai guère envie de raconter cette période étrange, mes souvenirs sont très vagues d'ailleurs. Comment pourrait-on se rappeler du silence ? Des dialogues muets ? J'avais engagé un dialogue muet avec le peuple des objets (avec Samy aussi, mais ça c'est autre chose). Je les voyais changer, je sentais bien qu'ils changeaient. Et à mesure qu'ils changeaient, c'est moi aussi qui devenais une autre. La Charlène de chez Samy. Il faut se méfier des objets, je vous le dis. Ils ont l'air de rien, ces cons, immobiles, silencieux, fondus dans le décor. En réalité ils nous guettent, tremblant d'impatience à l'idée de nous piéger. Ils nous capturent par la mémoire de nous-mêmes, qu'ils enregistrent dans leur coin, sans rien dire. Et le tour est joué. Ensuite, quand on les touche, quand on les regarde, ils nous renvoient cette mémoire à la face, et nous lancent dans un chemin qu'eux ont balisé, les salauds. Et croyez-moi, ça devient vite difficile de faire marche arrière. Ils pèsent beaucoup trop lourd. Sous leur apparence ridicule (balai, vélo, marche d'escalier), ils forment une armée immense. Qui combat comme un seul homme, dans une seule direction, avec une seule idée dans la tête : nous faire perdre la folie de la jeunesse. Ils ont une force inimaginable. La force des choses. Je me suis installée chez Samy. Par la force des choses.

J'étais venue avec un gros sac. Peut-être trop gros pour une nuit. J'avais apporté un drap de bain, un vrai, le mien, gigantesque. Plus question de me retrouver avec un mouchoir de poche sur les fesses. Du shampooing, du savon douche, de la lotion hydratante à

l'amande douce… une bonne demi-douzaine de flacons. La salle de bains était transfigurée. Elle se rem-
plissait, prenait des couleurs, mes couleurs. J'avais la
curieuse sensation de commencer à me sentir un peu
chez moi. Même les objets les plus étrangers, les plus
rétifs, se laissaient maintenant domestiquer. Le méca-
nisme bizarre du robinet devenait moins bizarre ; il
suffisait de taper un grand coup sur l'anneau glissant
pour que l'eau s'oriente vers le flexible de la douche.
Les variations brutales de températures étaient habituelles ; il suffisait de se dire pendant cinq secondes
que l'eau glacée est bonne pour la santé (je sais pas si
c'est vrai mais j'avais lu ça dans un journal). J'étais
venue aussi avec plus de vêtements qu'il n'en fallait
pour une seule journée. Peut-être trop. Mais je ne voulais pas revivre la honte de la dernière fois à l'agence.
Samy a libéré la moitié de sa petite penderie. La
moitié ! C'était exagéré. Bien commode pourtant. J'ai
accepté. Quand j'ai mis mes fringues sur ses cintres,
j'ai senti qu'une nouvelle étape venait d'être franchie.
Ses cintres allaient devenir les miens, ils l'étaient déjà
un peu, se métamorphosant sous mes yeux, je serais
donc du côté gauche de la penderie, mon coin à moi
dans ce monde commun qui m'enfermait de toutes
parts. J'aurais dû crier, hurler ma révolte. Mon corps
cependant obéissait, j'étais étonnamment passive. Il est
très pénible pour moi de me souvenir de ce moment
de ma vie, vraiment très pénible. Cette passivité était
incompréhensible, ça ne me ressemblait pas du tout.
Je me disais que c'étaient juste quelques vêtements sur
des cintres, que ça ne prêtait pas à conséquence, que
tout cela allait s'arrêter bientôt. Après le risotto.

Cela ne s'est pas arrêté. Bien au contraire. À chaque voyage rue des Petits-Lapins, j'amenais des choses nouvelles. Utiles parfois, indispensables (ma cafetière, un désodorisant pour les toilettes, une chaise pliante pour remplacer le pouf). Des choses pour le fun aussi. En quelques semaines, babiole après babiole, j'avais presque refait toute la déco. J'étais de plus en plus spectatrice de Bobonne-Charlène qui s'agitait dans son film, me demandant quand la vraie Charlène allait se désengluer de ce cauchemar. Un cauchemar confortable, mais un cauchemar quand même. Le peuple des objets étouffait ma jeunesse. Je crois me rappeler que j'attendais une occasion, un prétexte. Je me disais que ça viendrait un jour, que quelque chose arriverait, un événement clair et net, qui me permettrait de hurler, de tout envoyer balader, de me libérer, de revenir enfin à la vie.

Le pire je crois dans cette histoire est que cet événement est arrivé. Et que je n'ai rien dit. J'étais pourtant très fatiguée ce soir-là, énervée par ce qui s'était passé à l'agence. Le pavé de la troisième marche m'était apparu encore plus cassé que d'habitude, le Van Gogh encore plus livide et sinistre. Samy m'avait ouvert avec des yeux brillants de bonheur, un sourire immense.

— Il y a un cadeau… pour toi…

— Un cadeau ?

— Oui, un cadeau, je crois que ça va te faire plaisir.

Il était tellement rayonnant que je m'attendais à une sorte de miracle incroyable. Peut-être la fin du cauchemar ? Il m'a entraînée près de la table basse, le sourire encore plus immense, débordant de bonheur pour la joie qu'il pensait sans doute me donner. Ma chaise pliante avait été remplacée par un nouveau fauteuil. Enfin, nouveau, c'est une façon de parler, parce que c'était un vieux truc, aussi à la con que le premier, celui de Monsieur. Il écarquilla les yeux tant son rayonnement intérieur était devenu intense, en fixant le fauteuil. Putain, je ne voyais aucun miracle, moi ! Et c'était bien le fauteuil qu'il regardait, ce con, le fauteuil à la con ! Qu'est-ce que ça voulait dire cette connerie ?

— C'est un crapaud.

— Quoi ?

— Un crapaud.

— Un crapaud ?

— Oui, ce type de fauteuil, ça s'appelle un crapaud. Je sais que t'aimais pas le pouf. Je l'ai fait pour toi.

— Putain !

Samy m'avait montré ses mains en me disant qu'il l'avait fait pour moi. (Ses grosses mains. Si douces.) Samy, j'ai oublié de vous dire, il fait des fauteuils. Son art en fait, son « un peu art », c'est ça, c'est les fauteuils, il est artiste en fauteuils. Des fauteuils à la con, du genre vieux machins raides avec des vieux tissus, des Louis-machin-chose. Et ce fauteuil-là, putain, il s'appelait un crapaud. Un crapaud ! Samy, aux allures de prince, Samy qui aurait pu être mon prince, m'offrait un crapaud, et il était tout fier de lui. Mais quel con ! Un crapaud ! Le problème, le pire, c'était pas le crapaud en fait. Je m'en foutais du crapaud. C'était la vision d'horreur des deux fauteuils face à face. Deux petits vieux, putain ! J'étais en train de devenir deux petits vieux ! J'avais été si surprise que le souffle m'avait manqué quelques secondes. J'ai réussi à ne rien montrer, impavide. Samy était si excité qu'il n'a même pas remarqué mon masque de raideur.

— Il te plaît ?

— Oui, c'est très gentil, Samy. Merci.

Je n'avais pas hurlé. Même pas un tout petit cri. Je n'avais rien dit. J'avais dit merci. Pourquoi, pourquoi, bordel ? Pour plein de raisons sans doute. Il n'y avait pas que du cauchemar dans cette histoire à la con. Samy était gentil, beau comme un dieu, il faisait bien la cuisine. Samy avait compris. Il avait accepté que je ne foute pas mon ancienne vie en l'air ; je la gardais à mi-temps. Même un peu plus. En fait c'est assez compliqué, on avait, disons, divisé en trois temps. Ou plutôt c'est moi qui avais divisé en trois temps, et Samy n'avait pas été contre. J'avais gardé mon monde à moi chez maman, j'y allais deux-trois fois par semaine. Je repartais avec ma valise pleine de choses, pour la rue des Petits-Lapins. J'avais un chez-moi chez ma mère et un chez-moi chez Samy. Mais chez Samy, il fallait encore diviser en deux. On avait vite vu que ça n'allait pas coller, moi du soir et lui du matin. J'allais péter les plombs si on me demandait de me coucher pire qu'une poule et de me lever dès potron-minet. On a passé comme un contrat : j'aurais droit à deux sorties environ par semaine. La fête, putain ! L'éclate totale, jusqu'à plus d'heure, avec Lena, les copines, la folie. Ensuite, petite récupération rapide, très commode, au *Bed and Breakfast Samy* juste à côté de l'agence. En contrepartie, Samy avait repris son vélo, à 6 heures tous les matins. Ça nous est arrivé une fois de nous croiser dans l'escalier, moi vers le haut, lui vers le bas. On avait d'ailleurs bien rigolé. Le contrat arrangeait tout le monde. Et puis, on avait aussi nos soirées à deux. La super bouffe, les câlins, de mieux en mieux les câlins (Samy n'avait plus ses moments bizarres). Alors le fauteuil finalement, c'était pas si grave, c'était pas ma vie, c'était un tiers de ma vie. J'étais devenue deux petits vieux dans seulement un tiers de ma vie. Il n'y avait pas de quoi en faire un drame. Ma vie, elle s'était enrichie. J'ai toujours rêvé d'être plusieurs personnes en une seule, et là, j'étais devenue trois Charlènes : la Charlène à sa maman (qui dormait dans son petit lit avec, pas loin, sa poupée d'enfance), la Charlène à Samy (qui dans le lit se laissait prendre par l'art secret de son bel Apollon – pas l'art des fauteuils, non, son art secret des caresses –), et la Charlène reine de la nuit, toujours vivante, qui pétait le feu et ne retrouvait son lit (vide de Samy, encore chaud de Samy) qu'au petit matin.

Tout cela faisait des raisons très valables. Je n'étais pas enfermée, juste enfermée pour un tiers. Confortablement enfermée en plus, avec bonne bouffe, caresses et compagnie. Ma sensation d'étouffement était donc en partie imaginaire. Je n'avais pas à me révolter contre le crapaud. Mais je savais, je sais bien, que le motif profond de mon silence se cachait ailleurs. J'avais peur.

J'ai trente-quatre ans (trente-trois ans et demi à l'époque). Je n'avais pas vu le temps passer, pas vu que le temps passait si vite. Avec Lena et les autres, sur le web, dans les soirées, je m'imaginais encore être une gamine. Folle, légère, insouciante. Je croyais avoir une vie sans fin devant moi. Je croyais que la vie me réserverait mille surprises, fabuleuses. C'est pour ça

que j'étais *Lafillekirev*, que j'aimais tant rêver. Samy
avait brisé mes rêves. C'était pas sa faute, le pauvre.
D'ailleurs, ce n'est pas vraiment Samy qui les avait
brisés. C'est quand j'avais vu que je ne me révoltais
pas, que je me laissais engloutir sans rien dire par le
monde des objets. Je ne me révoltais pas parce que
je venais de comprendre. Comprendre que beaucoup
de temps était passé. Que le temps filait très vite. Que
les jours de ma jeunesse, de ce que je croyais encore
être ma jeunesse, étaient comptés. Que ma vie ne
pourrait pas continuer longtemps ainsi, avec Lena
et les autres folles. Ma jeunesse était en train de
mourir. Et je ne devais pas m'entêter. Une autre vie
était possible, beaucoup moins drôle, mais avec quelques agréments. Il fallait réfléchir à l'avenir. Très vite.
Maintenant. Pourquoi pas Samy après tout ? Il était
beau, gentil, il faisait bien la cuisine. Il était parfait à
propos du cul du diable. Il avait accepté le contrat
qui me donnait l'impression de continuer un peu
comme avant. L'appartement rue des Petits-Lapins
était très commode juste à côté de l'agence. Et puis
c'était la première fois que je m'installais vraiment
avec quelqu'un. Des mecs, il y en avait eu dans ma
vie, beaucoup, énormément. Toujours de passage.
C'était la première fois que je m'installais avec
quelqu'un, et il n'y aurait peut-être pas une seconde
fois de sitôt. C'était pas terrible cette vie à deux sans
rires et peu causante, Samy avait un côté « Vieille
France » qui était vraiment chiant. Mais qui disait que
je puisse trouver mieux un jour ? Le temps commençait à presser. Samy était gentil. Il était beau comme
un dieu. Bien des choses expliquent que je n'aie rien
dit en voyant le crapaud. Bien des choses sans oublier

la principale : j'étais en train de changer, j'étais déjà devenue un peu une autre. Six mois de cohabitation étrange – ma vie avec Samy – avaient transformé ma façon d'agir au quotidien, ma façon de penser, ma façon de parler. Putain ! Je fais même des vraies phrases maintenant ! C'est tout juste s'il me reste un « putain ! » ou un « bordel ! » de temps en temps, je ferais honte à Lena.

12.

Le bébé de Noël

J'en étais là de mes réflexions hier soir. Prête à abandonner ma folle vie d'avant, à faire le deuil de mes rêves. J'en étais là, quand la catastrophe est arrivée. Hier soir, c'était le réveillon de Noël. Maman avait accepté que je ne le passe pas avec elle, pour que je puisse être avec Samy. Il avait tout prévu en grand, bien sûr, un sapin avec d'adorables rubans de soie brillante (il s'est mis à la décoration du logement, et il réalise des merveilles ; c'est un artiste), un vin étonnant avec le foie gras ; les vendanges tardives je ne connaissais pas (il me fait découvrir plein de choses à travers les vins et la bouffe). Soudain, il a dit une phrase à laquelle j'ai rien compris. On écoutait *Entre Noël et Ramadan*. Il a trinqué à la santé d'un « petit personnage ». Quel petit personnage ? je lui ai demandé. Il m'a répondu : celui de la chanson.

— La chanson... elle parle d'un bébé... tu ne t'es jamais demandé pourquoi on l'aimait tant cette chanson ? Elle parle d'un bébé et de bonheur.

Dans les films de gangsters, je suis toujours frappée par les scènes où un type se fait flinguer par surprise par quelqu'un qu'il croyait son copain. Durant les trois secondes avant de s'écrouler, il ouvre de grands yeux ronds en regardant le tueur. « Comment ? Qu'est-ce que tu me fais, là ? Putain, pourquoi ? » J'étais exactement dans la situation du type qui vient de se faire flinguer. Si j'avais pas été assise dans mon crapaud, d'ailleurs, je crois que je me serais affalée sur le parquet. Je n'étais cependant pas encore outre-tombe, je me suis accrochée à une dernière branche, me disant que j'avais peut-être mal compris. Hélas il a tiré la seconde rafale, définitivement mortelle.

— Un bébé… tu n'as pas envie d'avoir un enfant ?

Putain ! Pas cette question-là ! Surtout pas celle-là. Je la sentais frapper à la porte depuis quelque temps, dans un coin de ma tête. Je ne l'avais jamais laissée entrer, à peine le bout du nez, j'avais aussitôt refermé à double tour. Pas cette question-là, pas cette question-là ! Sans même me l'être jamais posée entre quatre yeux, elle me file une angoisse vertigineuse. Je flippe comme le mec qui voit le revolver au moment de se faire descendre. Et là, tout de go, dans les flonflons de Noël, Samy me la balance à la figure. Franchement, si je n'avais pas été assise dans le crapaud, je serais tombée par terre.

Le problème, c'est pas Samy, ou pas vraiment, pas trop. Je l'imagine très bien en super-papa, tout doux, chantant des berceuses. Je l'imagine même parlant davantage, le bébé nous donnerait de quoi causer. Mais comment on ferait avec les trois temps ? Putain ! Tous les jours, toutes les nuits en face à face toujours, je péterais un câble, c'est sûr. C'est pas possible une histoire comme ça. Il y aurait peut-être des moyens de s'arranger un peu. Samy, il serait tellement super-papa qu'il pourrait être un peu maman aussi certain soirs. Je l'imagine très bien en maman. Non, le vrai problème, ce n'est pas avec Samy, le problème c'est moi. Un enfant ? Je ne me sens pas du tout prête.

Je sais, j'ai trente-quatre ans. C'est un âge où une femme normalement doit commencer à y penser. On en avait discuté une fois avec Lena (avant que je referme la porte à double tour). Elle était aussi affolée que moi. Presque aussi affolée. Elle disait que c'était l'horreur toutes ces visions de sièges-bébé et compagnie. Elle ne se voyait pas passer sa vie à sangler et désangler ces foutus sièges, dans une voiture famille-famille à la con, à emmener les mômes à droite, à gauche, chez le médecin, à s'angoisser pour une fièvre. Où elle passe, la vie, dans tout ça ? Elle disparaît dans les sables. On n'est plus qu'un troupeau, comme des moutons, qui se baladent collés les uns aux autres. Lena avait imité les moutons, d'un pleurnichement sonore : « Bêêêêêêêê…. ! »

Je l'avais accompagnée, m'insérant dans un magnifique bêlement choral, mes aigus sur ses graves, qui s'était terminé dans un grand rire. Nous n'en avions plus jamais reparlé.

Je suis sûre que c'est encore pire pour moi que pour Lena. Comme elle, je ne me vois pas disparaître dans les sables, poussette, biberon, et tutti quanti. J'entends parler d'enfants qui sont pas faciles du tout aujourd'hui, qui te pourrissent la vie que ça en devient infernal, que c'est un peu la loterie cette histoire, et quand tu perds au tirage, putain, c'est pour la vie. Mais ce qu'il y a de pire encore, je n'ai pas osé le dire à Lena, c'est que je ne vois pas cette chose-là dans mon corps, pas du tout, du tout, du tout. Je ne sais pas si c'est normal, je ne suis peut-être pas quelqu'un de très normal. C'est vraiment impossible à imaginer pour moi. La simple idée d'accoucher me fait hurler de peur (tout ce sang ! ces douleurs !). Maman m'a raconté son supplice lors de ma naissance. Horrible. C'était pour me rassurer qu'elle m'avait raconté ça ! Parce qu'elle m'a dit que maintenant il y a la péridurale. Putain, la péridurale, ça me fout les boules aussi. Maman, sans en avoir l'air, elle me met la pression. « Je suis contente que ça devienne sérieux avec Samy… ma petite fille, tu as trente-quatre ans, hein ! C'est ta vie, hein… Mais à trente-quatre ans, hein !… J'ai lu que les risquent augmentent quand on s'approche de quarante. » Bordel de bordel, si en plus les risques augmentent !

Il paraît que l'instinct maternel arrive comme ça, sans prévenir, après la jeunesse, même chez celles qui avaient la tête ailleurs. J'ai l'impression que pour moi, il n'arrivera jamais. Je ne sais pas si c'est normal. Cela me fiche une sacrée mauvaise conscience. Est-ce qu'une femme a le droit de penser qu'elle pourrait ne pas vouloir d'enfant ? J'ai parfois l'impression que les gens devinent mes pensées secrètes, qu'ils chuchotent dans mon dos, et me clouent au pilori. (« Vous savez quoi ? Elle déteste les enfants, elle ne veut pas avoir d'enfant ! Oui, oui, vous m'avez bien entendue, elle ne veut pas d'enfant ! Quelle honte ! ») Hier, ma soirée de Noël a été peuplée de nouveaux cauchemars. Une seconde fée méchante (« Elle ne veut pas d'enfant ! Quelle honte ! ») accompagnait celle qui me tyrannise habituellement au sujet de mes fesses. Mes fesses, parlons-en. Si je ne vois pas cette chose-là dans mon corps, c'est peut-être surtout parce qu'il est borderline, mon corps. Il gonfle d'un coup, au moindre dérapage. Ma vie est un combat permanent contre l'irrésistible gonflement de mes masses graisseuses. Alors, une grossesse, pensez donc ! Rien que le mot me hérisse le poil. Grossesse ! La grossesse de la grosse, de la grosse aux grosses fesses ! On voit dans les magazines des nanas people qui sont taille 38 une semaine après leur accouchement. Bordel de bordel, cela ne m'arriverait jamais un truc pareil. Moi, mes kilos en plus, ils ne disparaîtraient jamais, j'en suis sûre.

Peut-être qu'ils iraient sur mon ventre, rétablissant une sorte d'équilibre avec le cul du diable, dans un tout plus harmonique composant une sorte de mémère-dondon, assise dans son crapaud, la mémère à Samy. Non ! Non !!! J'ai envie de hurler ! Putain, j'ai trente-quatre ans, je suis jeune, il n'est pas trop tard pour me révolter ! Je suis la fille qui rêve, bordel ! L'avenir peut m'appartenir encore, je suis trop jeune pour mourir. Et même, s'il doit être un jour question d'un bébé, il n'y a pas le feu au lac, je n'ai que trente-quatre ans. Je suis la fille qui rêve, celle qui n'a jamais hésité à se révolter. Si je dois me révolter, c'est maintenant ! J'aurais d'ailleurs dû le faire bien avant, m'enfuir quand j'avais vu le crapaud. Il n'est peut-être pas trop tard.

Samy ne m'en a pas reparlé ce matin. Il est gentil Samy. Il n'est pas du genre à me mettre la pression comme maman. S'il m'en avait parlé, je crois que ça aurait été le clash. Je n'attendais qu'une occasion pour dire tout ce que j'ai sur le cœur. Elle ne s'est pas présentée. Il a bien remis la chanson plusieurs fois, c'était sans doute un message. Mais on ne peut pas prendre un coup de colère contre une chanson. Putain de putain, ce n'est pas rien cette connerie qui m'arrive ! Un jour de Noël. Ça va se décider là, comme ça. Toute ma vie ! Mon dieu, qu'est-ce que je vais devenir ?

Sami

1.

La honte

J'ai honte. À vingt-neuf ans ! Cela devient insupportable. Incompréhensible aussi. Bien sûr il y a mon petit trésor, mes trois histoires. Trois ! Courtes. Minables. Marie ? Je préfère ne pas en parler. Adeline ? Deux jours. Deux jours et deux nuits. Est-ce que deux jours suffisent pour comptabiliser une histoire d'amour ? Ana enfin, la belle Ana, la cruelle ; Ana à qui un homme ne suffisait pas.

Trois histoires d'amour, passe encore. Mais trois pauvres expériences sexuelles – disons deux – en tout et pour tout. À vingt-neuf ans ! Je crois que quelque chose ne tourne pas rond en moi. J'en ai vraiment pris conscience lorsque j'ai rencontré Rico. Je m'en souviens très bien, ce soir-là, chez Jacky. La fille était partie, sans même avoir bu sa margarita. Rico avait haussé la voix, de manière à ce que tout le monde entende dans le bar. Il s'agissait sans doute d'un réflexe de défense, pour ne pas perdre la face.

— Raté ! Raté ! La soixantième ne sera pas pour ce soir ! Jacky, je noie mon chagrin. Pas ta spécial-margarita, hein ! Un demi, un double-demi.

— Un double-demi ça n'existe pas, on dit un « sérieux ».

— Alors un « sérieux », pour une soirée sérieusement pas drôle.

Si Rico avait voulu faire un jeu de mots, c'était plutôt loupé (sérieux n'est pas le contraire de drôle). Pourtant le café a éclaté d'un rire mutant en fou rire. Sans doute pour dissiper la tension, soutenir Rico, lui dire haut et fort qu'il n'avait pas failli, qu'il restait son héros magnifique. Soixante ! (Cinquante-neuf pour être précis, puisque ce soir avait été un échec.) En moins d'un an ! Et pas d'erreur possible, Jacky tenait les comptes. Tous savaient ce que signifiait la petite affichette placardée à côté de la bouteille de tequila. Le tableau de chasse de Rico. Rico et Jacky avaient conclu un deal. Le Casanova du Web ramenait les filles dans le bar, commandait deux margaritas, et n'en payait qu'une seule. 50 % de ristourne. Jacky n'était pas perdant. L'affaire avait créé l'événement dans le petit monde des habitués et fidélisait la clientèle. Lors des rendez-vous, chacun jouait parfaitement son rôle, évitant de regarder trop directement comment cela se passait avec la demoiselle. Mais une fois le couple parti, les commentaires explosaient. Et Jacky allongeait la liste sur l'affichette.

Ce soir-là, Rico parlait et parlait, pour se remonter le moral. Son honneur en avait pris un coup. Puis il ne m'a plus lâché du regard. Il m'a apostrophé. « Eh ! l'athlète, la gueule de beau gosse, qu'est-ce qu'il en pense, lui ? Même si ce soir c'est raté, soixante c'est quand même pas mal, non ? »

Pourquoi donc s'adresser à moi ? Un presque inconnu dans ce bar. Et pourquoi m'appeler ainsi ?

« Athlète » d'accord. Mes trois heures de sport quotidiennes, et mon mètre quatre-vingt-dix (1,89 mètre très exactement, mais Rico prend bien la liberté d'arrondir ses conquêtes à soixante !) me donnent un corps dont je suis le premier surpris quand je me vois dans une glace. Des muscles secs, sans excès, bien marqués. Mais « beau gosse » ! Que voulait dire cette expression, venant un peu d'un autre âge ? Comment expliquer mon invraisemblable score de trois en vingt-neuf ans si j'étais un « beau gosse » ? Le mystère qui m'habite en deviendrait plus épais encore.

Dans la bouche de Rico pourtant, la formule était sincère. Je le voyais au désarroi dans ses yeux. Il était effondré de l'intérieur et cherchait à se rassurer. J'étais celui qu'il avait choisi pour remonter la pente en se mesurant, pensait-il, à plus fort. Je lui apparaissais comme le séducteur type, la référence absolue. Moi ! Un beau gosse qui ne devait pas avoir d'efforts à fournir pour voir les filles tomber à ses pieds.

Il faut dire que Rico – ce qui rend ses conquêtes encore plus ahurissantes – n'est pas vraiment ce qu'on appelle un modèle de beauté. Petit, légèrement enveloppé, un ventre bien rond, en retard d'une mode ou deux. Il n'y a que ses yeux (habituellement pétillants), et son rire perpétuel (excepté ce soir-là) qui le rendent un peu attirant. Rico est pour moi un autre mystère, qui renforce mon impression de ne rien comprendre aux femmes. Soixante en un an pour ce pilier ordinaire de *Chez Jacky*, trois en vingt-neuf pour le supposé beau gosse. Il y a quelque chose qui ne tourne pas rond.

Quel choc quand Rico m'a adressé la parole ! Que répondre ? En quelques secondes, j'ai eu l'impression de revisiter ma vie, de me poser enfin les questions primordiales, avec une intensité inhabituelle. J'avais déjà eu cette curieuse sensation de condensé existentiel, dans un tout autre contexte, lors d'un grave accident de voiture. La route était mouillée. Le coup de frein avait déclenché une glissade, qui semblait même affreusement s'accélérer. Le crash était inéluctable et s'annonçait violent. Je voyais dans ses détails le mur qui s'approchait à une vitesse désespérante. Le mur de la mort sans doute. Je me rappelle avoir eu le temps d'évaluer à 90 % la probabilité d'une issue fatale. La vitesse était trop grande. La glissade trop parfaite (je n'ai pu m'empêcher d'apprécier la beauté du mouvement). Le mur trop en face. Il est convenu de dire qu'en de telles circonstances l'on revoit instantanément toute son existence. Je peux témoigner que la réalité est un peu différente. Pas toute sa vie, c'est beaucoup trop. Mais il est vrai que les questions que l'on se pose alors ont une densité exceptionnelle. Dans les deux secondes précédant le choc, je m'étais surtout dit que j'avais été bien trop patient avec moi, que j'aurais dû depuis longtemps essayer de résoudre l'énigme, me secouer pour avoir une vie sexuelle plus normale. Ce soir-là chez Jacky, j'ai repris le fil de cette réflexion, avec les mêmes interrogations, la même intensité.

Je n'avais rien dit. Une moitié de moi s'était évadée dans ses pensées ontologiques. Ailleurs, très loin, perdue au cœur du mystère. L'autre moitié était là, dans le café, face à Rico. Je trouvais tout cela (le deal avec Jacky, l'affichette) complètement ridicule. Le chiffrage en particulier. Digne d'une cour de récréation. De maternelle. Les rendez-vous s'étaient accumulés comme des billes ; et Rico avait le plus gros sac du quartier. Pourtant, moi aussi je comptais en secret (trois, ou plutôt deux !). Alors je pouvais bien répondre à Rico. Il a répété sa question.

— C'est pas mal, non ?

— Oui.

Pour notre premier dialogue, en public de surcroît, on ne peut pas se vanter d'avoir atteint des sommets d'éloquence ! J'avais été singulièrement sec, sans imagination. Ma radinerie conversationnelle a aussitôt été punie.

— Et toi, combien ?

Comment cela, combien ? Mais je ne compte pas les femmes ainsi ! Ou plus exactement, si je les compte en secret, c'est parce que ma situation est tristement singulière. L'idée me vint de fuir, immédiatement, sans un mot. Tous attendaient ma réponse, je sentais leur curiosité ; c'était impossible. Impossible également de dire la vérité. Il fallait répondre en imaginant un mensonge. Je me concentrais pour définir l'évaluation adéquate.

— Dix… Je ne compte pas, une dizaine par an, je pense.

C'était la bonne réponse. Le visage de Rico s'est illuminé (moi, le beau gosse, j'affichais donc un score honnête mais nettement inférieur). Son petit échec de ce soir n'était rien comparé à ses exploits légendaires, je lui avais permis de reprendre confiance, il rayonnait de nouveau dans le café. Sans le savoir je lui avais fait un cadeau des plus précieux et Rico se sentait en dette envers moi. Il ne me lâchait plus du regard. Je crois même qu'on pouvait lire dans ses yeux… de l'admiration, de la convoitise, je ne sais pas… J'étais son faire-valoir parfait, celui qui aurait dû atteindre soixante et se cantonnait à dix. L'inversion propulsait Rico dans la stratosphère des séducteurs flamboyants. Il était instantanément devenu mon ami. Car il lui fallait devenir mon ami pour ne pas perdre les bienfaits de l'échange. Un ami-éducateur. Une sorte d'élève surdoué plein de compassion pour son maître. Il voulait m'aider à améliorer mon score.

— Et toi, comment tu dragues ?

— Oh, comme ça… Comme ça se présente, rien de spécial…

— Tu vas pas sur le Web ?

— Sur le Web ? Non, pas spécialement… Les sites de rencontre, je trouve ça… pas…

— Mais y a pas que les sites de rencontre ! Et les sites de rencontre ça se détourne total. Le Web, c'est fabuleux !

Rico a commencé à raconter. Les habitués de chez Jacky avaient déjà dû maintes fois entendre son histoire. Mais personne ne semblait las ; les mythes sont faits pour être inlassablement répétés. Nous étions en effet dans un véritable récit mythologique, avec son héros presque dieu, et ses merveilleux univers de légendes. Rico s'est mis à parler du nouveau Nouveau Monde. La Toile permettait d'accéder à un pays jusque-là inconnu, où tout ou presque devenait réalisable. Un pays de cocagne pour les jeux amoureux. Lui-même, ses handicaps (« Je ne suis pas Beau Gosse », avait-il dit en me regardant) avaient été effacés. Il en riait maintenant, jouissant encore plus de ce pouvoir tout neuf qui permettait aux exclus d'hier de triompher désormais.

— Le seul problème, c'est que c'est presque devenu trop facile, franchement. Il suffit de lever le petit doigt... ou plutôt de mettre le doigt sur la souris... Hi... hi ...

Décidément, le niveau de ses plaisanteries ne dépassait toujours pas l'âge de la maternelle. Un malaise grandissant m'envahissait. Je détestais cet humour potache. Mais surtout, l'évocation du pays de cocagne rendait encore plus inepte mon désert amoureux. Et Rico continuait ! Ayant vérifié d'un regard qu'il n'y avait là que des hommes, il s'est laissé aller à des mots qu'une présence féminine aurait assurément bannis.

— La dernière mode, c'est les meufs qui chassent. Déchaînées les salopes ! Elles te harcèlent faut voir, bite, sexe et compagnie !

Le public était aux anges. Enfin le public, entendons-nous : cinq ou six piliers de bar. Osant rêver que ce pays de cocagne finisse par venir jusqu'à eux, chez Jacky. Pour ma part je n'arrivais même pas à faire semblant de rire. Tout cela était vulgaire et désolant, je déteste la vulgarité. J'étais effondré. Mon mystère intime devenait encore plus insondable et terrifiant. Si les filles chassaient avec une telle audace, pourquoi moi (dit « Beau Gosse ») je ne l'avais jamais constaté ? Habituellement, dans un semblable état d'angoisse ou de stress, ma réponse est la fuite. J'aurais dû depuis longtemps quitter *Chez Jacky*. Mais là, il y avait quelque chose de fort qui m'empêchait de partir, de plus fort que le désir de fuite. Je voulais enfin savoir, en finir une fois pour toutes avec mon mystère.

J'étais entré chez Jacky par hasard (je passais dans le quartier, j'avais besoin d'un café). L'événement m'avait entraîné dans sa tourmente. Au début j'étais resté extérieur, spectateur d'un film dont je jouais pourtant, malgré moi, l'un des deux premiers rôles. Puis je m'étais impliqué, de plus en plus, guettant les oracles délivrés par Rico. L'homme aux soixante rencontres, mon nouvel ami depuis dix minutes, était peut-être, sans doute, celui qui pouvait m'aider.

— Ça te ferait pas envie d'essayer avec Internet ?

— Pourquoi pas... peut-être... oui.

— Tu risques rien, juste une grosse fatigue ! hi... hi...

— Hi... hi... Oui, juste une grosse fatigue...

— Si tu veux, on peut surfer un coup ensemble, je te montrerai les trucs.

— D'accord.

— Demain soir ?

— Demain soir !

J'avais ri comme un benêt à ses plaisanteries débiles. J'étais soulagé, presque serein (un sentiment qu'il ne m'est guère donné d'éprouver). Je devais depuis trop longtemps faire, un jour, enfin, quelque chose.

Demain, grâce à Rico, ma vie, qui sait, pouvait basculer.

2.

Des vertes et des mûres

Rico était venu chez moi. Il s'est senti immédiatement très à l'aise ; il doit se sentir chez lui partout où il va. Il continuait à haranguer la foule comme la veille, au bar, alors que j'étais son unique spectateur. Il s'est tout de suite dirigé vers mon fauteuil et s'y est installé royalement, saisissant mon ordinateur sur la table basse. Il était tellement à l'aise que cela en frôlait l'impolitesse caractérisée. Mon exact contraire ; nous formions un couple d'« amis » improbable, et sans doute très provisoire. Je suis allé chercher une chaise dans la cuisine pour m'asseoir et écouter les leçons du maître.

— Il y a plein-plein de choses sur le Web. C'est la taverne d'Ali Baba.

— La caverne. La taverne, c'est chez Jacky.

— Si tu veux. Il y a plein de choses pour draguer, dans tous les sens. Alors, t'as les grands classiques, les sites de rencontre, Meetic et compagnie. Alors là c'est pas dur, tu t'inscris, en payant, ou même gratuit (ça marche tellement tout seul qu'il n'y a vraiment pas besoin de payer, franchement), tu remplis ta petite fiche avec deux-trois trucs un peu sympa et marrants, tu mets ta photo. La photo, pour moi c'est ça le gros problème. Elle est quasiment obligatoire si tu veux décrocher une « *date* » comme on dit un rancard. Moi, la photo, c'est le problème tu t'en doutes. Faut que je bricole des trucs marrants qui laissent juste voir le bout de mon nez. Parce que si tu triches trop (il y en a qui mettent des photos de super mecs trouvés sur le Net), tu le payes cash quand tu te retrouves face à la dame. Mais toi, Beau Gosse, bon sang, alors là ! Suffit que tu mettes ta photo, je te jure, tu vas les voir tomber en rafale, les nanas, tu peux me croire. Elles flashent comme des folles quand elles voient des mecs comme toi. Le seul truc, c'est qu'elles se méfient un peu des dragueurs (de nous, quoi). Faut se la jouer amoureux.

— Pour s'inscrire, ce n'est pas trop compliqué ?

— Non c'est pas compliqué. Mais on laisse tomber, ça c'est le truc trop facile, tout le monde connaît. Si Rico est venu ce soir, le Grand Rico qui affiche soixante au compteur, c'est pour te montrer des trucs plus malins. Le truc vraiment super, qu'il n'y en a pas beaucoup qui connaissent, c'est d'aller sur des sites de filles, surtout quand c'est des filles qui ont le feu aux fesses ! Le coq en pâte dans leur poulailler !

— Le renard. Le renard dans le poulailler.

— Si tu veux. Bon, allez, fin de la leçon, on passe aux exercices pratiques. Préparez-vous, attachez vos ceintures ! T'es prêt, Beau Gosse ?

— Prêt.

— Je suis tombé sur un site délirant. Alors là, crois-moi, ça déménage ! *Des vertes et des mûres* qu'il s'appelle, déchaînées les nanas. Tu vas voir ça. Il y en avait une hier soir, *Missgrosbonnets*, t'imagines ? *Missgrosbonnets*, elle annonce la couleur, la salope !

Hier, chez Jacky, je m'étais progressivement impliqué, j'avais fait le voyage intérieur qui mène au cœur de l'événement, à la présence au monde, aurait dit Merleau-Ponty. J'étais pleinement dedans, dans le concret, dans le présent. Je suis trop souvent un simple spectateur, de toutes choses et de moi-même, qui s'évade dans un nulle part sans substance. Ce soir, le voyage était en sens inverse. J'assistais, impuissant, à l'arrachement sidéral qui me propulsait très loin, hors de l'ici et maintenant. J'étais pourtant chez moi. Mais chez moi était devenu un ailleurs. Rico par contre se sentait parfaitement chez lui, sans l'ombre du moindre doute. Il était chez lui chez moi. Tout cela m'apparaissait de plus en plus irréel et détestable. Comment avais-je pu inviter un tel personnage ? Le voir là, dans mon studio, était totalement incongru. Comment avais-je pu imaginer, ne serait-ce qu'une seconde, qu'il pourrait devenir un ami ! Une personne utile sans doute. Oui, pour m'aider à comprendre, pour m'aider à agir. Mais un ami ! Il parlait et parlait, son débit de paroles sans silences était soûlant, il parlait fort, beaucoup trop fort. Il avait pris mon fauteuil. Il était vulgaire, graveleux, grossier, grotesque. Je déteste les rires gras et la vulgarité. Sa façon de considérer les femmes en particulier. Machiste, obscène, d'un autre âge, insupportable.

J'avais envie de fuir. Impossible, j'étais chez moi. Et puis, il y avait ce désir de comprendre enfin. Le malaise nauséeux qui m'embrumait la tête ne m'empêcherait pas d'essayer de continuer. Car le plus étrange dans cette situation irréelle était de constater que Rico, l'abject Rico, disait vrai, épaississant encore les brouillards de mon mystère. Les filles étaient bel et bien déchaînées.

J'ai pris peur. Je sentais d'irrépressibles tremblements m'envahir par petites vagues successives. Je me suis raidi volontairement – les jambes, la nuque – pour que Rico ne s'en aperçoive pas. J'imaginais avec terreur l'enchaînement qui pourrait très bientôt m'entraîner vers un destin d'apocalypse. Rico fixant, en mon nom, un rendez-vous avec *Missgrosbonnets*. La scène aurait lieu bien sûr chez Jacky. Le patron aurait peut-être sorti une nouvelle affichette, histoire de lancer la compétition avec Rico. Un cauchemar, ce n'était qu'un cauchemar ridicule, de la fumée fictionnelle. Mais je ne pouvais m'empêcher de le vivre en secret. J'étais trop attiré par la panique qui me serrait la gorge à l'idée de la suite. *Missgrosbonnets* était là, chez moi, avec moi, dans mon lit, experte, agressivement voluptueuse, parlant aussi fort que Rico.

L'idée m'était déjà venue (je l'avais chaque fois oubliée ensuite) que l'explication du mystère puisse venir de là. De ma peur des femmes. Je ne connais pas les femmes, ou du moins très mal, elles sont pour moi un monde obscur, elles m'impressionnent même dans des détails minuscules. Cette façon d'être toujours parfaites, superbes, œuvres d'art recréées chaque matin. Belles comme une tapisserie de Beauvais, un frisage au bois de rose. Alors que moi, m'habiller ne serait-ce qu'honnêtement me demande un effort pénible. Je les admire mais elles m'effrayent un peu quand elles sont trop admirables. Je redeviens un petit garçon qui ne sait rien de la vie. Qui ne sait rien de leur corps, de leurs rivières intimes, de leurs émotions secrètes. Elles me terrifient littéralement quand elles parlent comme *Missgrosbonnets*. Depuis quelques années, les femmes n'ont que le sexe à la bouche, enfin si je peux m'exprimer ainsi. Elles réclament des exploits hallucinants, de la performance grandiose. Avant même d'avoir atteint un niveau normal on me demanderait du grandiose ? Je suis terrorisé.

Rico ne semblait pas s'en être aperçu.

— Il y a un petit formulaire, mais c'est tout simple. Homme ? Femme ? On marque homme, hein… hi… hi… Âge ?

— Vingt-neuf ans.

— Vingt-neuf.

— Pseudo, on choisit un pseudo.

— …

— Quoi comme pseudo ? Oh, c'est pas la peine de se triturer les méninges, c'est juste pour faire un petit tour chez ces dames. Tiens, Beau Gosse, on marque *Beau Gosse* ! Tout simplement.

— Non ! Non ! Pas *Beau Gosse* !

— Bon, si tu veux. Mais t'es complètement con, excuse-moi de te le dire. Quand on est foutu comme toi, c'est complètement con de ne pas le dire. Bon, alors, pas *Beau Gosse*, alors on va mettre… *Apollon*, tiens, c'est bien ça, *Apollon*. Ça risque d'être déjà pris, on va ajouter 29, *Apollon29*.

— Oh… pas *Apollon* non plus, je m'excuse, pas *Apollon29*.

— Ah, fait chier à la fin ! Allez, clic ! C'est parti, roulement de tambour, mesdames, retenez votre souffle et préparez-vous à enlever votre culotte, le grand, le beau, le magnifique *Apollon29* entre en scène.

J'étais piégé. Impossible de résister. Ma seconde protestation avait d'ailleurs été bien timide, j'étais un simple figurant. Ignorant ma déroute, Rico était tout à son excitation.

— Oh purée ! Vise-moi un peu ça leur tchat, ma chatte. Purée ! « Plus c'est long, plus c'est bon ? » Ça, c'est pour nous, hein, *Apollon* ! Allez, on se lance !

Je n'avais rien répondu, il ne m'avait d'ailleurs même pas demandé mon avis. Rico était seul au monde, en ma présence, chez moi. J'avais de plus en plus l'impression d'être un fantôme. Il a rédigé le texte, sans rien dire, sans rien me dire, en ricanant comme un âne. Je ne sais pas si les ânes ricanent, mais il frappait fort en plus, j'avais peur qu'il casse mon ordi. Enfin, il a consenti à me lire ce qu'il venait de poster.

> *Apollon29* : Moi, c'est long dans les 2 sens, en durée et en cm. Attention les yeux les nanas, c'est *Apollon29* qui vous parle. *29*, faut vous faire un dessin ?

J'étais pétrifié. Incapable de protester, de dire la moindre chose. J'aurais pu me convaincre que tout cela n'avait aucune importance, que tout cela n'avait rien à voir avec moi. Je n'avais rien à voir, absolument rien à voir, avec cet *Apollon29*. Un être purement virtuel, né de l'imagination délirante de Rico. Pourtant, je ne sais pourquoi, je me sentais inexplicablement engagé. *Apollon29* était né soudain, pas de mes mains certes, mais en mon nom, à mon domicile. Que je le veuille ou non, il y avait quelque chose de moi dans ce monstre.

Rico était de plus en plus excité.

— Regarde ! Regarde ! C'est *Missgrosbonnets* qui me répond, punaise ! Punaise, regarde un peu ce qu'elle me répond, la salope !

Il n'avait pas dit « ce qu'elle TE répond », il n'avait pas dit « ce qu'elle NOUS répond ». Il avait dit « ce qu'elle ME répond ». J'aurais dû être soulagé par ce glissement linguistique, surtout au vu de la réponse en question. Mais je me sentais curieusement dépossédé. Il y avait bel et bien quelque chose de moi dans ce monstre.

Rico m'a alors lu, avec force rires et mimiques, l'apostrophe de *Missgrosbonnets*. Très proche de son propre style ; ces deux-là étaient faits pour s'entendre.

> Missgrosbonnets : Menteur ! Bouffon ! Gros prétentieux ! On te croit pas ! On s'en fout du dessin, faut prouver. On veut une photo, une photo de l'engin. Une photo ! Une photo !

Il s'était levé, avait posé l'ordinateur. Rico était soudain pressé de partir.

— Bon, Beau Gosse, ça y est, hein, je t'ai montré, c'est bon ? C'est pas que je m'ennuie, mais j'ai des choses à faire… hi… hi… avec *Missgrosbonnets* ! Tu me la laisses, hein, je file chez moi, je sais déjà ce que je vais lui répondre, la salope, elle va l'avoir sa photo, pas de moi, hein… hi… hi…, on trouve de tout sur le Web. Tu vas pouvoir suivre la conversation si tu veux, avec mon nom de scène. Sur le Web, je suis

Rocco. Rocco, tu piges ? Rocco Siffredi. On est dans le vif du sujet, là ! Je sais ce que je vais lui répondre à *Missgrosbonnets.*

— Et Rico, ça veut dire quoi alors ?

— Rico, c'est rien, c'est un truc rital, ça vient d'Henri si tu veux, ça n'a rien à voir. Je crois que chez Jacky, il va falloir m'appeler Rocco maintenant. Rocco, c'est autre chose ! Rico est mort, vive Rocco ! Rocco, le mec qui a posté sur le Web une photo impressionnante.

— Vive Rocco. Merci, hein, merci pour tout.

— Ah, un truc. Si tu vas avec la nana chez Jacky, tu demandes sa spécial margarita à Jacky, elles aiment bien ça les nanas, la margarita. Mais la spéciale de Jacky, elle est très spéciale en fait. Il met un petit truc dedans, du piment de Cayenne, du bois bandé, je ne sais quoi. Il paraît que ça a un effet, sur les mecs et sur les nanas. Je n'y crois pas trop, mais quand même, il faut dire que ça a l'air de marcher. Même hier soir que j'ai raté, eh bien la fille, elle ne l'avait pas bue, sa margarita.

Il était parti, parti ! Enfin ! L'air de la vie remontait dans mes poumons, comme après une apnée interminable. Je respirais. Respirer, simplement respirer, a parfois la saveur d'un délice. Quel personnage détestable ! Il pouvait bien se la garder sa *Missgrosbonnets* ! J'ai fermé la porte et me suis assis dans mon fauteuil (désagréablement imprégné d'une chaleur qui n'était pas mienne). L'ordinateur était là, allumé. L'histoire de tous ces êtres à distance continuait donc à s'agiter. Mon avatar lui-même était peut-être l'objet de quolibets, pointé du doigt, on se moquait de moi. J'étais curieux de savoir, juste un peu curieux. La flambée qui m'avait poussé à agir, à essayer de dissiper mon mystère, était maintenant éteinte. Rico avait noyé tout cela. J'étais juste curieux de lire la suite.

Ouf ! Il n'était pas question de moi, ou plutôt, il n'était pas question d'*Apollon29*, on m'avait oublié. Les dialogues n'avaient aucun intérêt, ils étaient vulgaires et d'un humour douteux. Rico-Rocco se trouvera bientôt dans son élément (il n'était pas encore branché sur le site). Chacun a le droit de s'amuser à sa manière, bien sûr. Mais j'ai toujours pensé que l'humour nous sert à oublier la mort. Il n'est nul besoin d'un clown triste (le clown triste n'est qu'une caricature) pour deviner les angoisses qui donnent aux allégresses leur fureur. C'est sans doute pour cela que j'ai du mal à rire avec les rieurs, l'humour n'est pas mon fort, et le noir me va bien. J'ai une aptitude à sentir la souffrance, surtout quand elle se cache (ces yeux de Rico, hier soir chez Jacky, incroyablement parlants, soudain, à force d'être morts). Il y a une autre vie derrière les rires. Même parmi ces gouailleuses de « vertes et mûres ». Pourquoi, dites-moi, prendre cet étrange pseudo par exemple, *Lafillekirev* (la fille qui rêve !) dans un univers aussi ordurier ? Je sais, je suis mal placé pour parler de la signification des pseudonymes. Mais ce nom décalé était quand même très intrigant. Une fille qui rêve. Et qui parlait de Berlioz et de Mozart. Au beau milieu d'un lupanar. Son histoire, derrière les rires, devait être diablement curieuse (« Diable ! Une histoire de derrière ! » aurait ricané Rico).

Pourquoi ne pas lui poser une question ? Cela ne m'engagerait à rien, je pourrais ensuite débrancher à ma guise. J'utilise peu Internet, et n'avais jusqu'alors jamais participé à un quelconque forum. Mais j'ai senti d'emblée avec, il faut le dire, un certain ravissement, que cela était d'une étonnante facilité. Pendant une poignée de secondes j'ai repensé à mon mystère : j'aurais dû aller sur le Web depuis longtemps, cela m'apparaissait maintenant évident. Pourquoi donc, alors que j'ai une incontestable difficulté à nouer des relations, n'avais-je pas exploité cet instrument plus tôt ? J'ai chassé cette parenthèse. Il ne s'agissait nullement pour l'heure d'escompter une (quatrième) histoire d'amour ; juste de poser à *Lafillekirev* une petite question.

Hélas j'étais inscrit à l'enseigne infâme d'*Apollon29*, et ne savais que faire pour m'en débarrasser. Me réinscrire me semblait trop compliqué (je ne suis pas un expert du Net), ma machine ayant enregistré les données. J'étais donc condamné à intervenir en tant qu'*Apollon29*, après les obscénités proférées par Rico en mon nom. Ordinairement je n'aurais jamais osé. Mais il était dit que ce soir-là n'était décidément pas un soir ordinaire. Sans même hésiter, j'ai saisi ma question.

> *Apollon29* : À quoi rêve-t-elle, *Lafille-kirev* ?

> *Missgrosbonnets* : Gaffe *Fillekirev* !!! C'est *Apollon29*, ce gros prétentieux de dégueulasse de *Popollon* ! Fais gaffe, pauv' p'tite fille ki rêve. Ou alors, tu m'le refiles !!! LOL ! *Mistergrozizi* pour *Miss-grosbonnets*. MDR !!!

Le choc ! Qu'avais-je donc espéré, fou que je suis ? Que la fille qui rêve devine ce que de moi-même j'ignore, qu'elle m'ouvre la voie de la rédemption, me révèle des grandeurs impensables, un monde de douceurs dignes des dieux ? Pauvre fou. Au lieu de cela, c'est *Missgrosbonnets* qui prenait la parole, toujours aussi grossière ; elle s'en prenait à moi.

La partie aura donc été brève, c'était fini, il ne restait plus qu'à débrancher. *Apollon29* n'avait aucun lien avec moi-même, personne ne saurait jamais qui s'était caché derrière ce pseudonyme. Pourtant il m'était impossible de partir. Je voulais essayer de m'expliquer auprès de la fille qui rêve, m'excuser. Non seulement, que je le veuille ou non, il y avait quelque chose de moi dans le monstre, mais le lien qui m'unissait à elle existait déjà, vraiment, je le sentais. Je ne pouvais me résoudre à le couper ainsi.

Comment m'expliquer et m'excuser ? Parler de Rico, dire qu'il s'était exprimé à ma place, que j'avais ensuite récupéré mon pseudo ? Impossible, tout cela était trop ridicule. Combien de temps ma vaine réflexion dura-t-elle ? Cinq ? Dix minutes ? Une éternité ! Les messages continuaient à s'afficher sur le blog (heureusement Rico-Rocco n'était toujours pas arrivé).

Soudain, j'ai vu sa réponse.

3.

« D'accord »

Lafillekirev : À quoi rêve *Lafillekirev* ?
À un monde où les gens seraient doux et gentils, où la guerre serait congédiée par les
caresses. Moi, *Lafillekirev*, je serais la
ministre des caresses dans le gouvernement
du plaisir. Je rêve de musiques aux sons
roses qui éclatent rouges et chauds, de
papillons si légers qu'ils m'emportent dans
l'absolu, d'une fée si fine qu'elle est
transparente, laissant voir, au-delà, le
chemin qui mène au bonheur.

Comment avait-elle fait pour trouver ces mots ?
Comment avait-elle fait pour les prendre au-dedans
de moi ? Au plus profond, au plus secret. Car ils
étaient à moi, je les reconnaissais, bien que je ne parvienne pas moi-même à les dire. La fille qui rêve
racontait mes rêves mieux que je ne l'avais jamais fait.
Elle racontait ma souffrance. Celle de ne pouvoir dire
les richesses infinies que je sens en moi, et qui ne
parviennent pas à franchir la frontière de mes lèvres.
Ce que je dis est souvent plat, banal, sans le moindre
intérêt. Je suis le premier surpris de la brièveté de

mes phrases. Quand il y a une phrase ! Parfois c'est pire ; rien ne sort. Je me souviens de ma terreur bleue quand mon père criait à table (« Mais laissez-le parler ! Il veut dire quelque chose. »). Tous me regardaient si surpris que j'en perdais les quelques mots qui m'étaient enfin venus. S'ensuivait un abominable silence, dix secondes, une éternité. J'aurais voulu mourir. Ou au moins m'enfuir. Pour me soustraire au regard de ces parents inquiets qui guettaient mes improbables paroles, pour ne plus entendre mes frères criants et riants, inépuisables de fureur de vivre.

Les mots, je les avais pourtant. Je les avais presque. Ils se préparaient à sortir, se bousculant, innombrables. Trop nombreux peut-être ? Ou bien avais-je peur de ne pas trouver le bon ? Celui qui serait digne d'être choisi parmi cette multitude ? Peut-être est-ce cette exigence démesurée qui peu à peu m'a habitué au silence ? Ou peut-être ma surprise de constater, lorsqu'une pauvre phrase parvenait à naître, qu'elle se révélait affreusement ordinaire ? Loin, tellement loin, de tout ce que je ressens en moi. Comme si un autre parlait par ma bouche.

Cet autre avait toutefois fini par prendre ses repères, à calmer un peu l'angoisse intérieure. Il parvenait à s'engager dans de petites discussions, à corriger Rico quand celui-ci confondait « caverne » et « taverne » ; et cela suffisait presque à atteindre une sorte de sérénité. Hélas cet apaisement ne se manifestait qu'à la fragile surface des choses. Le rêve de la fille qui rêve venait de réveiller l'effervescence muette des profondeurs.

J'aurais aimé pouvoir le lui dire. Avec force et génie. Avec de la musique et des couleurs, à l'aune de ses mots pleins de vie. J'ai essayé. Vainement. Les lignes qui naissaient sous mes doigts n'étaient qu'un mauvais recopiage, lourd, grotesque. Je réécrivais en infiniment moins bien ce qu'elle venait de m'écrire. Impossible à poster. Je me suis donc contenté de lui dire que j'étais d'accord avec elle, que je ressentais les mêmes choses, que je vivais des rêves identiques.

Elle ne m'a pas répondu aussitôt, rien ne s'affichait dans la fenêtre des messages. Quelques minutes m'ont suffi pour admettre qu'il s'était agi d'un mirage, j'avais couru après une chimère. Quel fou j'étais ! J'ai repris assez vite mes esprits. Curieusement, j'étais même un peu rassuré par cet échec. Je retrouvais la normalité de mon existence. Grise mon existence, mais avec ses repères bien balisés, ses évidences tranquilles.

Sur le forum, la discussion battait son plein. Il y était même parfois question de moi (ou plutôt d'*Apollon29*). Mais tout cela m'indifférait désormais, je sentais cette réalité virtuelle s'éloigner. Moi aussi je m'éloignais d'elle, je faisais le chemin inverse, de l'écran vers mon univers plus habituel. La seule réalité était là, dans sa matérialité palpable. J'étais d'ailleurs sur le point d'éteindre mon ordinateur quand un pop-up s'afficha : « *Lafillekirev* souhaite te rencontrer dans le salon privé. Clique ici. »

Mon cœur a bondi dans ma poitrine, réagissant plus vite que mon cerveau. Le cœur qui bat est un lieu commun des histoires d'amour, un stéréotype rabâché à l'envi ; le romancier dépeint une douce et agréable sensation, comparable aux baisers et caresses. Pour moi, nulle douceur ici. Des battements sourds, et me semble-t-il, irréguliers. J'imaginais des flots de sang assaillant mes ventricules, et j'ai même eu un instant un peu peur pour ma santé. J'ai relu la phrase impensable, qui pourtant était bel et bien écrite, devant mes yeux : la fille qui rêve souhaitait me rencontrer dans le salon privé ! Me rencontrer. Moi. Dans le salon privé. J'ignorais ce qu'était exactement un salon privé. À lui seul le terme exhale de luxurieuses promesses. Boudoirs des voluptés, alcôves intimes, salons privés. Je me doutais cependant que, dans ce monde virtuel, seules des phrases seraient échangées, à l'abri des oreilles indiscrètes, loin de Rico ou de *Missgrosbonnets*. Des phrases et des rêves aussi.

Elle avait donc compris ce que j'avais voulu lui dire. Elle avait deviné au-delà de mes pauvres mots. Somme toute, je devais en convenir, ma vie était grise. À la lueur de ce rêve, elle m'apparaissait encore plus grise. Nouvelle volte-face, je basculais derechef vers une autre réalité de moi-même, totalement différente, inconnue. Je sentais en moi une agitation biologique moins désagréable. Les coups de boutoir sanguins s'étaient dilués en des frémissements harmoniques qui vivifiaient tout mon corps. J'étais transporté par une énergie venue d'ailleurs. Transporté est l'expression exacte. J'étais rempli de moi-même, plus vivant que d'ordinaire, et transporté. Vers où ? Je l'ignorais. Mais je sentais le mouvement qui m'emportait, tout en me transformant de l'intérieur. Moi qui doute tant et qui ai trop souvent peur d'agir, j'ai cliqué où l'on me demandait de cliquer, me surprenant moi-même, sans la moindre hésitation.

Le salon n'avait rien d'un boudoir des voluptés. Une simple fenêtre s'était ouverte, et elle était vide. Vide ! Personne, aucune fille qui rêve, ne m'attendait.

Je contemplais cette accablante vacuité. Espérant peut-être, pauvre fou, que le néant me parle. Le néant était néant et n'avait rien à me dire. J'ai senti les prémices d'un énième mouvement de retour vers mes pénates habituelles, l'univers de l'écran commençait à s'éloigner de nouveau. Cependant que la partie la plus froide de mes pensées professait qu'il fallait en finir avec tous ces allers-retours : quelle mouche m'avait piqué, qu'avais-je donc à vouloir ainsi sortir hors de moi ? Tiraillé entre ces pensées et ces sensations, j'avais malgré tout le regard encore fixé sur la fenêtre vide quand sa réponse s'est affichée.

Lafillekirev : Où t'habites ?

Je m'attendais à tout autre chose. Je ne savais pas à quoi, mais à tout autre chose. Je n'étais pas déçu, j'étais surpris. Pas déçu car l'étrange vie qui prenait forme dans la fenêtre de discussion s'avérait donc réelle. Ma pensée froide avait tort de vouloir me renvoyer dans mes pénates. La phrase de la fille qui rêve était toutefois bien brève, incongrue. Nous parlions d'univers sublimes et elle me demandait mon adresse ! Décalage étonnant. J'étais incapable de comprendre, mon cerveau était engourdi, seuls mes doigts ont répondu, sans se poser de questions.

Il s'en est suivi encore un long, très long silence. Le salon privé était toujours aussi vide, bien loin de ses luxurieuses promesses. Rien n'apparaissait dans la fenêtre. J'attendais. Incapable de penser. Les émotions en sourdine. Je restais là, curieux de ce qu'elle allait me dire. Enfin un message est apparu. Elle me proposait de venir à une fête ! Une fête ! Quelle

personne étrange ! J'avais cru partager ses rêves. En
fait je la comprenais de moins en moins. Ce dont elle
me parlait était à l'exact opposé de ma vie. Je ne suis
pas à l'aise avec les rires, encore moins avec les fêtes.
Certes, j'ai quelques bons souvenirs de soirées avec
des amis, calmes et peu bruyantes, et je déteste toutes
ces agitations criardes. Je préfère la tranquillité.

J'étais désarçonné. Tiraillé entre des informations
qui auraient dû m'inciter à fermer cette fenêtre, donnant sur un ailleurs improbable, et une attirance qui
perdurait cependant, tout en devenant de plus en
plus abstraite et brumeuse. La fille qui rêve n'était
donc qu'une chimère. Mais j'étais attiré par cette
chimère-là, au-delà des mots. J'ai répondu par une
question.

Apollon29 : La fête se déroule à quelle
heure ?

Lafillekirev : Flavie a dit qu'on pouvait
commencer tôt, vers 9-10 heures pour ceux
qui veulent, mais ça risque de finir tard. La
grosse fête toute la nuit !

Je ne savais plus quoi faire. J'ai hésité et dit que je
ne pourrais me rendre à cette fête car je me lève tôt
le matin. Tous les matins, à 6 heures. Les efforts que
je dois fournir dès l'aube sont assez violents, et j'ai
besoin du sommeil nécessaire. De toute façon je
n'avais pas envie d'aller à une fête, encore moins à
une « grosse fête ».

Depuis mon premier clic, mes pensées et mes rêves
s'étaient perdus dans toutes les directions. Mon corps
avait réagi par de fortes secousses, puis de l'excitation

passionnelle. Rendu à ce stade, j'attendais toujours, assis devant ma fenêtre numérique, la suite des événements. Qui allaient sans doute bientôt, encore, me surprendre. Les émotions néanmoins s'étaient calmées. J'étais vide dans ma tête et calme dans mon corps. J'attendais, simplement. J'aurais pu attendre une heure comme cela. Sa nouvelle réponse a provoqué beaucoup moins de choc que les précédentes.

> *Lafillekirev* : OK. Moi aussi je me lève tôt. Mais on pourrait se prendre un verre si tu veux ?

Je lui ai aussitôt dit que j'étais d'accord. Le plus curieux est que tout ceci n'a déclenché aucun émoi particulier. Je suis resté calme, apaisé, peut-être même un peu distant. J'ai délégué à mes doigts le soin de penser. J'avais enfin décidé d'agir, hier, chez Jacky, pour comprendre mon mystère. Cette disposition d'esprit était sans doute restée un peu en moi, quelque part. Or la fille qui rêve me proposait quelque chose d'aisément réalisable : prendre un verre. Il n'y avait donc aucune raison de dire non. Mes doigts avaient dit oui.

Car ce sont eux qui ont répondu. Je l'ai compris quand elle m'a précisé le rendez-vous : le lendemain, 18 h 30. Sans hésiter je lui ai dit que ce n'était pas possible (j'ai ma musculation à cette heure-là). C'était une autre partie de moi qui avait parlé. Selon ce qu'elle m'écrivait, celui qui réagissait en moi n'était donc pas le même. J'ai souvent conscience de ma diversité intérieure, mais je l'ai ressentie alors de façon aiguë. Mes rêves se sentaient d'ailleurs coupables d'avoir laissé ma vie habituelle ainsi imposer son point de vue, refusant par confort personnel, parce que le rendez-vous était à 18 h 30. Et quand mon étrange correspondante m'a fait une proposition plus adéquate (20 heures), mon acceptation a été immédiate.

> *Lafillekirev* : Il y a un bar à l'angle de la rue des Petits-Lapins. Je connais, je travaille à côté. Il s'appelle le « Bar du coin » je crois. C'est pas très original comme nom, et c'est pas terrible comme bar. Mais c'est commode. On pourrait se retrouver là ?

Elle travaille juste à côté de chez moi ! Les bizarreries s'accumulaient ; je n'étais plus à un étonnement près, j'acceptais désormais la quasi-normalité de ces surprises à répétition. Le *Bar du coin*, situé à l'angle de ma rue, ressemble beaucoup à *Chez Jacky*. Mêmes bruits sans vergogne (comme s'il fallait cogner sur les choses pour donner plus de vie à la vie). Même incapacité du balai à offrir un sol lisse (comme s'il fallait laisser de la liberté au peuple des petits déchets). Même groupe d'habitués partageant leurs secrets dérisoires. Je connais encore moins le *Bar du coin* que *Chez Jacky*. Heureusement. Je ne me serais pas vu retrouvant la fille qui rêve avec des types du genre de Rico ricanant dans mon dos.

Rencontrer la fille qui rêve ! J'allais rencontrer la fille qui rêve ! Vraiment. Dans la réalité des choses réelles. Demain. À 20 heures. Au *Bar du coin*, juste là, à l'angle de ma rue. Tout cela n'avait donc pas été qu'une chimère. L'émotion me reprenait. Je tremblais. La fille qui rêve ! Son imaginaire merveilleux.

Mais celle aussi qui pose tout à trac des questions saugrenues. Et qui aime les grosses fêtes. J'avais un peu peur. Dans quoi m'étais-je engagé ? Je ne pouvais plus reculer. Était-ce de peur que je tremblais ? Je multipliais les arguments pour me calmer : juste un verre, juste un verre, il s'agissait juste de prendre un verre ensemble, de discuter. Il s'agissait aussi de savoir si nos rêves pouvaient se partager.

4.

Le petit drame du mojito

La photo. Sa photo m'a fait faire un autre pas vers la réalité de la réalité. *Lafillekirev* me l'avait envoyée, pour qu'on se reconnaisse au *Bar du coin*. Belle, très belle, ma céleste inconnue. Mais le choc que j'ai ressenti, la sensation étrange, allaient au-delà de la photo. Je refaisais mentalement le chemin qui m'avait emmené là. Curieuse histoire. Ainsi, la fille qui rêve était entrée dans ma vie, au point que je la sente incroyablement proche et familière (malgré quelques propos étranges), sans avoir jamais vu son visage. Comment avais-je pu négliger ce fait : je ne connaissais rien d'elle, même pas son vrai nom ! Même pas son visage ! Comment peut-on tomber amoureux d'une femme dont on ne connaît pas le visage ? Enfin, tombé amoureux… je n'étais pas tombé amoureux. Je ne peux pas dire que j'étais tombé amoureux. Je ne le pouvais pas, précisément, parce que je ne savais rien d'elle. J'avais quand même vaguement l'impression de ressentir un émoi semblable aux premiers élans d'une passion. J'étais amoureux d'un mirage, d'une abstraction. Mais n'est-on pas amoureux d'un mirage dans les plus folles passions ? J'avais lu cela dans les livres. Je ne pouvais me fier à ma pauvre expérience pour trancher. Et puis, je ne vivais pas exactement les premiers élans d'une passion. Les débuts de « quelque chose », peut-être. Qui me ballottait de l'intérieur, certes. Mais seul face à mon ordinateur, en dialogue avec des simples traces numériques, les indices d'une personne dont je ne savais rien.

Je n'en savais rien. Mais je devais la rencontrer demain ! Et il y avait cette photo maintenant. Le mirage prenait forme humaine. Une magnifique forme humaine. Sa photo a aussitôt occupé le devant dans le nouvel univers de mes songes. Ou plutôt son visage. Il s'agissait bien de son visage, non d'une simple photo ; je voyais ses traits bouger. Mes pensées avaient créé une nouvelle dimension. J'étais entré, d'une façon très bizarre, et sans trop y croire, dans ce monde imaginaire, qui cependant s'installait dans ma réalité. Ou plutôt dans une réalité parallèle. Car je gardais ma vie, habituelle, celle d'avant, qui avançait toute seule, se répétant inlassablement. Mon chez-moi, mes routines, mes gestes et horaires qui s'enchaînaient. Comme un canard sans tête qui continue à marcher. Ma tête, elle, était ailleurs, dans cet autre monde. J'habitais déjà dans cet imaginaire qui peu à peu sortait des brumes de ce qui n'existe pas encore. Surtout depuis qu'il y avait la photo. Tout s'est immédiatement réorganisé autour d'elle. Même si le paysage imaginaire demeurait à peu près le même, il avait été renvoyé en arrière-plan. Son visage s'était naturellement placé dans l'ensemble, en harmonie. Au centre, occupant tout l'espace, rayonnant.

Je ne voulais plus compter (c'était pourtant bel et bien une nouvelle histoire qui débutait). Au diable ces statistiques puériles ! Même l'élucidation de mon mystère m'indifférait désormais. Seul importait ce que j'étais en train de vivre, ces chambardements dans mon corps, cette tête partie ailleurs, déjà dans une autre vie en train de s'inventer. Cela aurait dû me faire peur, comme d'habitude. J'aurais dû être pris de panique, avoir envie de tout arrêter. Revenir chez moi, tranquille, en moi. Je connais mes réactions face aux surprises de l'existence. La plus simple, quand je peux, est la fuite. Je quitte les lieux au moindre désarroi, à la première souffrance. À table, quand papa criait : « Silence ! Je crois qu'il veut dire quelque chose », et que mes frères s'esclaffaient après mon silence, je bondissais me réfugier dans ma chambre. La seconde réaction est l'envol dans un nulle part. Une sorte de fuite par le rêve. Qui n'est même pas un vrai rêve. Une chose aux décors flous, incertaine, sans substance. Du rien. Indéfinissable. La seule évidence est que je perds pieds avec le réel. Je m'éloigne des vivants. Je sens la distance qui se creuse, je les entends de loin, je ne comprends plus ce qu'ils disent. Les objets n'ont plus de substance quand je les touche, je sais seulement que je les touche, sans ressentir la gamme des impressions qu'ordinairement je cultive. La caresse d'une étoffe est pour moi une aventure sans nom. Un chemin ésotérique et sensible. Le bout des doigts pour une première approche, la paume de la main quand la familiarité s'instaure, propagent vers tout mon être des vibrations imperceptibles, toujours différentes. Chaque étoffe est une rencontre, ouvrant sur une cosmogonie d'émotions particulières.

Peut-être est-ce pour cela que j'ai choisi ce travail, mon art bien à moi. Pour ce bonheur du toucher. Trop souvent je m'évade dans le nulle part, loin de la substance des choses. Je les touche comme si j'étais mort en dedans, un fantôme. Trop souvent je m'évade loin du monde des vivants. Je me demande d'ailleurs parfois si je ne suis pas une drôle de personne, par erreur sur cette planète, un homme-fantôme, condamné à des efforts perpétuels pour simplement atteindre à la normalité, se sentir vivre. Je ne me sens pas vivre complètement.

Sauf dans mon art, la tête prise par la création, les mains au contact des matières. Sauf dans mes activités sportives également. Trois heures par jour, où j'oublie que je suis peut-être un fantôme. Tous les matins je me lève à 6 heures. Je prends mon vélo. Je sors de la ville. Par des chemins qui me donnent presque l'illusion de la campagne. Canal Saint-Denis, Canal de l'Ourcq, Parc de la Courneuve. Je varie un peu selon mon humeur, selon mon effort. Selon ce que je ressens de l'intérieur. Plus j'augmente le rythme, plus cette présence à moi-même me remplit. Je suis plein de moi. Enfin ! Ma tête brumeuse s'est tellement évaporée ailleurs qu'elle n'existe plus. Je suis mon corps. En mouvement, puissant, capable de déplacer des montagnes. Je sens mes muscles, avec beaucoup de précision quand l'un d'eux a un problème ou veut m'envoyer un message. Je fais ce qu'il faut pour lui répondre et rétablir l'harmonie d'ensemble. Je sens mes poumons qui gonflent jusqu'à la limite de leur volume, sans jamais tomber dans l'essoufflement. Je sens la chaleur qui m'inonde et me purifie par l'expulsion des sueurs acides, salées, mauvaises. Toutes mes pensées sont en moi, dans ce merveilleux jeu d'équilibre, qui confine à la sagesse absolue. À certains moments, j'atteins cette sensation étrange d'être dans un exercice de méditation contemplative, oubliant mes sueurs et mes muscles à l'action. Je plane en moi.

À d'autres moments, j'appuie davantage sur les pédales. Encore et encore. Inhumaine au début, l'aventure devient peu à peu surhumaine. La belle harmonie se défait, des douleurs sourdes ou aiguës déclenchent des sirènes qui hurlent à l'intérieur. Mais je n'écoute plus ces cris. Je sais que la souffrance est un océan. Qu'elle procède par vagues, aux crêtes insoutenables à en hurler, donnant l'impression que le corps se casse. Puis ces vagues retombent vers un creux inespéré. C'est l'instant qui se situe au-delà de l'humain, béni des dieux. Seuls ceux qui l'ont goûté savent. Toutes les souffrances peuvent être oubliées, dépassées, par un corps qui se fait violence. Un corps qui fait corps avec soi, dans la plénitude apaisée de la souffrance vaincue.

Le soir, l'exercice est un peu différent. À 18 h 30, j'ai ma séance de musculation. Pas d'illusion de campagne ici, pas de changement de chemins, pas d'expérience ultime à en frôler la mort. Tout est fait de petits rituels, parfaitement réglés. Une cérémonie comptable. Le nombre des mouvements, le poids de la fonte, rien n'est laissé au hasard. Ce sont les incertitudes et le hasard qui nous fatiguent ; se glisser dans un rituel est très reposant pour l'esprit. La vie enfin se coule dans un moule d'évidence. Avec juste ce qu'il faut de dépassement de soi, car nous sommes tous des Prométhée incurables. Si l'on dose bien l'évolution, avec régularité et patience, la fonte s'ajoute à la fonte avec une étonnante facilité (en acceptant, là aussi, la douleur). Et l'on arrive peu à peu à soulever des poids prodigieux. Le corps se transforme à vue d'œil. Personnellement toutefois, je refuse cette logique du gros muscle. Je suis un artiste, un esthète amoureux des beaux objets. Pour les corps, je préfère la beauté sèche et tendue. L'art subtil se niche dans une musculation fine, sculptée, loin des boursouflements écœurants, qui ne valent guère mieux que la graisse obscène.

La musculation n'est pas le vélo, elle me permet cependant d'effacer mes pensées fatigantes, de vivre par les mouvements de mon corps. Ce soir-là en particulier. D'habitude, c'est le malaise de ma tête absente, ailleurs et nulle part, que j'essaie de chasser. Le soir du rendez-vous, c'était au contraire une tête trop pleine. Avec cette photo, ce visage, qui venait s'imposer dans mes rêves. Par coups de boutoir. Merveilleux et terrifiants. Merveilleux ou terrifiants ? Je basculais sans cesse de l'une à l'autre de ces deux versions antinomiques. Très éprouvant mentalement ; je déteste. Il me fallait noyer tout cela dans le rituel pour oublier. Exceptionnellement, j'ai augmenté le poids de la fonte. Vagues de souffrance, crêtes de douleur puis rémission ; je retrouvais les sensations du vélo. Tellement embarqué dans cette navigation doloriste que j'en ai oublié l'heure. Incroyable ! Le soir même où j'avais ce rendez-vous crucial ! Je ne pense pas cependant qu'il se soit agi d'un acte manqué, encore moins d'une tactique d'évitement plus ou moins délibérée. J'avais tant voulu vider ma tête des questions sans réponse que j'avais réussi au-delà du raisonnable. Je n'étais plus qu'un corps en mouvements répétés. Un corps sans tête ne surveille pas sa montre.

En trois minutes j'avais pris ma douche et j'étais habillé (j'avais prévu de passer chez moi me changer ; je n'avais plus le temps). J'ai couru vers le *Bar du coin*, heureusement à proximité. Cette course a été un mal pour un bien. J'étais en retard, moi qui suis d'habitude d'une ponctualité maladive. Mais la bousculade me permettait de continuer à faire le vide ou presque, ne pas trop penser à ce qui m'attendait. Qui sait si je n'aurais pas fui, cette fois encore, si j'avais eu le loisir d'y réfléchir ? De penser et penser encore à ce face-à-face avec une fille, inconnue étrange, dont j'étais peut-être déjà amoureux. Ordinairement, cela aurait dû être beaucoup trop pour moi, la pression aurait été énorme, je me serais imaginé un prétexte quelconque. Là, j'étais en retard, ce que je ne supporte pas, et je courais pour rattraper ce retard. Simplement.

J'ai poussé la porte du bar sans appréhension, sans hésitation. Une surprise, un bonheur ! Gâché néanmoins par un sentiment de culpabilité et de honte. La fille qui rêve était là, au fond, assise sur la banquette. La fille de la photo. Son visage était celui de la photo, et souriait comme sur la photo. Ou plutôt, le visage qui était là, qui me regardait, qui me souriait, était déjà entré dans mon univers, dans ma vie. Je ne la reconnaissais pas, je la connaissais. Elle était une personne familière, intimement familière, amoureusement familière. La photo n'était plus qu'une photo, renvoyée à son tour à l'arrière-plan. J'étais abasourdi par tant de fluidité, par tant de rapidité, pour que mon imaginaire incertain se transforme en réalité. Elle était là ! Elle me souriait ! Une nouvelle histoire commençait. La plus belle, j'en étais sûr. Une histoire extraordinaire.

Mais je devais d'abord m'excuser. Elle a été très gentille, très compréhensive (tout était donc si facile avec elle ?). Elle avait pris un mojito ; j'en ai commandé un à mon tour. Tout s'est s'enchaîné si vite que cela m'a permis de résoudre la question de la bise. J'y avais pensé toute la journée (avant que mes muscles et leur souffrance ne me vident la tête) : comment faire pour lui dire bonjour ? Une poignée de main était impensable. Nous n'avions pas explicitement convenu qu'il s'agissait d'un rendez-vous amoureux, mais une poignée de main était malgré tout impensable. Ne restait plus alors que la bise. Le petit baiser sur la joue, entendons-nous bien. Comme il se fait partout, entre amis ou collègues. Voire entre inconnus ou gens qui se détestent ; il suffit de ne pas trop poser les lèvres et d'évacuer toute émotion. Un rituel qui, là aussi, règle l'existence. Mais pour moi, face à la fille qui rêve, c'était proprement inimaginable. J'étais envahi par le trouble à l'idée de l'embrasser. Il n'y avait pas de petit bisou ni de rituel qui tienne, il s'agissait bel et bien d'un baiser, de mes lèvres, de sa joue. Imaginer ce contact sur sa peau nouait en moi des serrements dont j'ignorais s'ils étaient de plaisir ou de terreur. Or je sais trop bien que lorsque le plaisir et la terreur se battent dans mes humeurs, c'est toujours la terreur qui finit par gagner. J'avais donc très peur de cette bise. Le problème s'était miraculeusement dissipé. On s'était dit bonjour comme ça, sans bise, sans poignée de main, juste bonjour. La fille qui rêve était très gentille. Tout était facile avec elle.

Jusqu'à ce que le drame éclate. D'ordinaire, cela arrive quand une incongruité violente casse brutalement notre monde (qui se révèle alors ne pas être grand-chose). Tout s'effondre, et pas uniquement du point de vue matériel. Le sens de la vie s'écroule. Basculement tragique, mais que l'on peut concevoir s'il s'agit d'un choc titanesque auquel on ne peut rien ; un tremblement de terre ou un attentat. Pour moi cependant, aucune de ces causes majeures ; un motif ridicule. Croyez-moi, un drame est affreusement plus pénible à vivre quand il est déclenché par un motif ridicule.

La fille qui rêve s'était vivement penchée vers son sac, qui était posé par terre. Son autre bras, le bras gauche, avait fait un petit moulinet près de la table, dans un réflexe d'équilibre. Près de ma main, qui était posée là. Elle l'a touchée, m'a touché. À peine, un effleurement minuscule. Que j'ai ressenti pourtant comme une déflagration gigantesque. Une décharge foudroyante qui est allée taper partout, dans mon cœur, dans mes pieds, dans ma tête. Et dans ma main, hélas, qui a opéré un brusque mouvement de retrait.

Il faudrait que je vous explique. Je ne sais pas si j'en suis capable. Puisque moi-même je ne comprends pas trop ce qui arrive avec mes mains. C'est un autre de mes mystères, d'ailleurs peut-être pas sans lien avec celui de mon désert amoureux. Je vous ai dit combien le toucher était important dans ma vie, j'entends des couleurs, je vois mille musiques quand ma main caresse un damas ou une brocatelle. Du bout des doigts surgissent des sensations infinies, qui dessinent des paysages ignorés, féeriques. Toucher est une aventure, secrète et délicieuse. Or cette même main qui sait tant toucher les choses ne sait pas toucher les personnes. Mais alors, pas du tout ! De son point de vue, les personnes ne sont pas une chose comme les autres. Elle en a peur, elle s'enfuit, se raidit. Tout mon corps se raidit, lui pourtant si souple et que je sais entendre. Pour cette raison aussi mon sport est un grand bonheur ; je me dis que je vais vaincre ces raideurs imbéciles. Mais elles reviennent quand je dois toucher les gens. Ou quand ils me touchent.

J'avais brusquement retiré ma main. Brusquement et fortement. Et l'invraisemblable s'est produit. Moi qui contrôle chacun de mes gestes, qui ne bute jamais sur une marche, qui ne casse jamais un bol ou une assiette. D'une frappe violente j'ai renversé mon verre de mojito. Tout le verre. Sur mon pantalon. J'ai senti l'humidité glacée pénétrer dans l'entrecuisse, imprégner mon caleçon. Pendant quelques (mais très longues) secondes j'ai eu le souffle coupé, une véritable petite apnée, de celles qui laissent planer le doute sur le retour de la respiration. Était-ce à cause du froid, de la surprise, de l'intensité émotionnelle, de l'incongruité de la situation ? Le possible début d'histoire avec la fille qui rêve avait basculé en une seconde. Je n'étais plus le même, plus du tout le même. Ma tête avait repris ses mauvaises habitudes, elle était partie ailleurs et nulle part. La fille qui rêve s'éloignait de ma vie et n'était plus qu'un décor. Je me sentais très mal évidemment. J'ai fui vers les toilettes. Au début mon idée était de fuir seulement vers les toilettes. Pour essayer de me sécher, de réparer un peu les dégâts, et revenir. J'avais honte bien sûr. Pas tant d'être si mouillé grotesquement. Honte de mon geste idiot. Elle ne m'avait même pas touché vraiment. Elle n'avait pas fait exprès.

Notre table donnait côté boulevard. Les toilettes se situaient à l'opposé, côté rue des Petits-Lapins. Elle ne pouvait me voir. Il y avait une porte ouvrant sur l'extérieur. Trop tentante bien sûr, cette porte. Je jure que ma fuite n'avait pas été préméditée. S'il n'y avait pas eu cette porte, je serais sans doute revenu. D'ailleurs, ma première idée était seulement d'aller me changer chez moi, puisque j'habitais à deux pas. Oui, me changer. Vite, et revenir. C'était évident ! Simple et évident. Il est étonnant de constater à quel point on peut croire très fort à des idées éphémères. Car en montant l'escalier, déjà, j'ai senti l'évidence se fissurer. À peine la porte était-elle poussée que ma vision des choses s'était retournée. Radicalement. J'étais chez moi. Bien. Tranquille. Ma vie était là. Moi, j'étais cette vie-là. Quelles folies, quelles furies, m'avaient entraîné dans des chemins sans issue depuis vingt-quatre heures, au point d'y perdre la tête ? Surtout, j'avais trop honte face à la fille qui rêve. Comment pourrais-je avoir la force (moi !) de retourner au *Bar du coin* après tout cela. Mon retard, ma maladresse, ma fuite (dont la durée s'allongeait

désormais et devenait de plus en plus inexcusable).
Je n'avais été qu'un tissu d'erreurs et de gaucheries
depuis le début de notre rencontre. Il fallait effacer
tout cela. Totalement. Immédiatement. J'ai réfléchi.
Elle ne connaissait rien de moi ou presque. Ma photo,
mon adresse, mon numéro de portable. Au 19, il y
avait une vingtaine de locataires, elle n'allait quand
même pas faire une planque pour me retrouver. Elle
ne connaissait pas mon nom. Mon pseudo ? Je ne
retournerai jamais sur le blog. En fait, il n'y avait que
mon numéro de portable qui posait problème ; il me
suffisait de l'éteindre. C'était décidé, j'effaçais tout,
j'effaçais tout ! J'ai pris une douche. Interminable. Il
était beaucoup trop tard désormais pour imaginer
pouvoir revenir au bar. C'était donc terminé, terminé ! Tout cela n'avait été qu'un rêve. Un beau rêve.
Un cauchemar.

Je me suis affalé dans mon fauteuil. À minuit j'y
étais encore. La ronde des idées noires était terrible
dans ma tête. Les remords étaient pires que des rats,
rongeant tout de l'intérieur. Je me sentais abomina-
blement mal, avec une monstrueuse envie d'être
libéré de ce calvaire ; j'aurais voulu mourir, mourir
tout de suite, mourir doucement. Disparaître, effacer
cette douleur, me reposer enfin. J'ai essayé de me
coucher. Impossible de dormir. À 3 heures j'ai pris
mon vélo, et me suis engagé, dans la nuit, le long du
canal. J'ai quitté la piste, longeant l'eau, dans la semi-
obscurité. Je perdais ma respiration tant j'accélérais
le rythme. Je n'avais jamais été aussi loin au-delà
du mal, les vagues de souffrance avaient viré à la
tempête, j'étais perdu dans un océan sans boussole.
Dans un corps de douleur, décousu, déchiré. Oubliée

l'harmonie. Oubliés les divins creux de vagues. Le seul équilibre, improbable, était celui de mon jeu avec la mort, au bord du canal. Les yeux embués, la tête absente, dans la noirceur des ténèbres. Mais il était dit que j'étais fait pour la souffrance, non pour la mort. À 8 heures j'étais de retour chez moi, épuisé, avec l'impression de revenir de l'enfer. Une impression seulement, car l'enfer était toujours là, tel un œil dans la tombe de mes rêves mortifères.

5.

Il ne faut jamais désespérer

Une douche, un café. Je suis parti vers l'atelier. J'ai retrouvé mon prie-Dieu, là où je l'avais laissé. Magnifique par la pureté de ses lignes, sobre, un peu trop. Le prie-Dieu est d'une beauté qui s'ignore quand il se mue en fauteuil, dossier haut et droit. Je l'aime parce qu'il est un peu à mon image, muscle sec, tempérament réservé. Mais il est trop modeste, il manque de fantaisie. La veille, j'avais pensé adjoindre un galon, avec une franche rupture de ton ; je n'avais pas osé. Il s'agissait d'une commande, et l'artiste se sent bridé dans sa création quand il a peur de déplaire. Ce matin, plus rien n'avait d'importance et j'ai eu toutes les audaces. J'ai choisi un galon déroulant une soutache byzantine, vieux rose et lilas, rappelant les origines du siège par ses couleurs, mais follement ailleurs par ses dessins. L'effet esthétique était superbe sur le vert-de-gris en velours de l'assise. L'effet thérapeutique sur ma personne tout aussi impressionnant. Je n'avais pas fait cela pour moi. Pourtant le prie-Dieu était en train de me sauver. Je retrouvais le

plaisir des caresses ; douceur du velours, relief val-
lonné des fines tresses. Je m'apaisais enfin.

J'avais allumé mon téléphone ; j'y étais obligé
pour mon travail. Il y avait eu trois appels en absence
hier soir, sans message. C'était elle. Le téléphone n'a
pas tardé à sonner de nouveau ; j'ai reconnu son
numéro. Je n'ai pas répondu. Il a sonné encore quatre
fois dans la matinée. À chaque sonnerie, l'effet salu-
taire du prie-Dieu baissait d'un cran, je me sentais
mal de nouveau, et mes résistances s'affaiblissaient.
À la dernière sonnerie, j'étais presque sur le point de
répondre. Je me sentais trop mal, trop coupable.
Cette aventure n'était donc pas finie. À cause de
ma belle inconnue, qui insistait. À cause de moi, surtout. Qui comprenais maintenant qu'on ne sort pas
indemne d'une histoire dont les premières lignes ont
été écrites. On ne peut décider ainsi de tout effacer
comme s'il ne s'était rien passé et que l'on était seul
au monde. Le passé se venge un jour ou l'autre.
L'après-midi a été un martyre, le prie-Dieu ne pouvait
plus rien pour moi. J'étais trop dévasté maintenant,
j'avais envie de lui parler, de me mettre symbolique-
ment à genoux, de lui demander pardon. Pardon !
Pardon, fille qui rêve ! Pardon pour tous mes péchés !
Mais je n'osais pas l'appeler. L'appeler était trop me
demander. Je n'ai pas en moi cette force-là.

Le téléphone a sonné. Numéro inconnu. J'ai
décroché. Dieu tout-puissant, c'était sa voix !

— Allô… euh… je suis la nana du *Bar du coin*,
enfin… *Lafillekirev*… c'est complètement bête, on ne
s'est pas dit nos prénoms… T'es bien Apollon ?

— Oui… je m'excuse, je m'excuse, je m'excuse

vraiment, je suis vraiment désolé, c'est impardonnable ce que j'ai fait…

— Mais qu'est-ce que t'as foutu, bord… Qu'est-ce t'as foutu que t'es parti comme ça sans rien dire ?!!!

— J'ai voulu aller nettoyer mon pantalon aux toilettes. Il y avait la porte de sortie juste à côté. Je me suis dit que je pouvais aller vite me changer chez moi. Mais une fois chez moi, j'ai eu trop honte.

— Mais quel con ! Tu m'excuses, mais quel con quand même, faut dire. Mais pourquoi tu m'as pas appelée bon sang ! C'est surtout ça, pourquoi tu m'as pas appelée, pour me dire, tout simplement, c'est pas compliqué quand même ?

— C'est ma faute, oui c'est ma faute, je m'excuse, je suis vraiment désolé, j'aurais dû appeler.

— Bon, on se calme, on se calme ! Je m'énerve un peu, mais faut comprendre quand même !

— Je comprends, je comprends. Je m'excuse…

— Bon ben maintenant, on va pas non plus s'excuser toute la nuit. Qu'est-ce qu'on fait maintenant après tout ça ?

— …

— Ah ! Parce que, aussi, je t'ai pas dit la meilleure, c'est que j'ai payé les deux mojitos !

— Oh mince ! Mince alors ! Je n'ai pas du tout pensé à ça. Je suis vraiment désolé, je suis vraiment désolé…

— Désolé, c'est bien, c'est bien, mais corriger ses erreurs, c'est mieux. Tu me dois un pot, Apollon !

— Oui, oui, d'accord. D'accord.

— Quand ?

— Quand vous voul… quand tu veux.

— Jeudi soir ?

— D'accord.

— À 8 heures comme hier ? Mais alors, vraiment 8 heures, hein !

— Oui, 8 heures précises, je suis vraiment désolé.

— Où ça ? Au *Bar du coin* ?

— Au *Bar du coin*.

— Ou bien chez toi si c'est juste à côté ? Si tu sais faire un cocktail génial ? Ça te reviendra moins cher (je plaisante !).

— Oui, je sais faire la margarita… spéciale… ma spéciale margarita.

— Génial la margarita !

Je ne sais pas préparer une margarita, je n'ai aucune compétence en ce domaine, j'avais menti. J'avais pensé à la phrase de Rico, à la recette spéciale de Jacky. Il suffirait d'aller lui demander. Je me suis assis sur mon prie-Dieu pour méditer. Cette soudaine conversation m'était tombée dessus comme une avalanche d'émotions bizarres, de surprises, énigmes et autres choses à penser. Ahurissantes, extravagantes, embrouillées. À propos de ma vie, qui peut-être basculait à nouveau, du regret de n'avoir pu lui dire que j'étais sur le point de lui téléphoner, de la recette de la margarita, de mes décisions qui n'arrêtaient pas de changer, de cet impensable rendez-vous chez moi jeudi prochain, de l'audace et de l'énergie surréelles de la fille qui rêve… Mes pensées s'enchevêtraient, je n'arrivais pas à démêler leur écheveau pour y voir un peu clair. Mes doigts caressaient les tresses du galon byzantin, la sage humilité des fils qui s'allient par groupes pour peindre les méandres torsadés. Il me fallait séparer et grouper par couleurs mes pensées comme les fils. Renvoyer à plus tard ce qui était trop compliqué. Ma vie, le basculement de mes points de vue. Me concentrer sur les aspects les plus pratiques, les questions à résoudre bientôt. La margarita, le rendez-vous de jeudi, à 20 heures précises. Je ne devais pas être en retard, je ne devais absolument pas être en retard. J'irais à la salle de gym comme la dernière fois, pour faire baisser la pression, mais je surveillerais l'heure. Je passerais chez Jacky demander la recette. J'achèterais deux beaux verres à cocktail. Des petites bougies.

J'imaginais la scène. Son visage est revenu au premier plan. Son sourire. Sa voix chantante *allegro vivace*. Son énergie, son audace. Tant de vie aurait dû me faire peur. Tant de vie me faisait peur bien sûr. Mais aussi beaucoup de bien, immensément. J'étais un fantôme, qui manquait de sang dans ses veines ; elle m'insufflait la vie. Par sa seule présence, son regard, son sourire. Même quand elle me réprimandait. Ses critiques avaient d'ailleurs été très douces, trop douces presque. J'aurais mérité tellement pire après toutes mes fautes impardonnables. Elle m'avait pardonné. Elle était majestueusement gentille. L'existence devenait facile avec elle. Rencontrer une fille devenait facile ! Jamais je n'aurais cru connaître un jour cette facilité, cette félicité.

Peu à peu le calme s'installait en moi. Il y a quelques heures encore j'étais dans des tempêtes de souffrance, j'avais frôlé la mort, et maintenant le calme s'installait en moi. Avec quelques picotements d'excitation, certes, voire des pointes de stress à l'idée de ce qui m'attendait. Mais ces émois étaient très différents, même les petits serrements de gorge étaient agréables. La fille qui rêve m'avait délivré de l'enfer. Charlène. Charlène m'avait délivré de l'enfer. Juste avant de raccrocher, elle avait pensé à me demander mon prénom. J'aime quand elle prend de telles initiatives (nous ne connaissions toujours pas nos prénoms, elle m'appelait encore Apollon !). J'ai parfois besoin d'être un peu bousculé pour sortir de ma carapace. J'ai besoin qu'elle brise mon sarcophage de mort-vivant. Charlène me fait naître à la vie.

— Au fait, c'est quoi ton prénom ?

— Sami.

— Tu te la joues américain, cow-boy ?

— Non, ce n'est pas avec « y », c'est Sami avec un « i ». C'est un prénom… du sud de la Méditerranée… Et toi ?

— Moi c'est Charlène.

J'ai quelques problèmes avec mes origines. Quelles origines ? Je suis français, né en France, point ! Il y a cependant un petit quelque chose dans mon allure, dans mon prénom, qui dit que je suis aussi un peu d'ailleurs. Un ailleurs qui n'est pas très bien vu ici ; je n'aime pas trop en parler. Charlène, tout cela lui est égal, je le sens. Ou bien elle n'a rien remarqué. Et c'est très bien ainsi.

6.

Scène de rue

Deux longs jours à attendre jusqu'à jeudi. J'avais peur, alors que j'aurais dû être complètement paniqué. Avec une autre fille, j'aurais été complètement paniqué. Charlène calmait mes angoisses. En trois phrases, elle avait chassé mes tourments lugubres. Mes jeux avec la mort n'étaient plus qu'un lointain cauchemar, incompréhensible désormais. Quel fou j'étais d'imaginer des montagnes pour des riens, de fuir pour des peccadilles, de croire à la fin du monde pour un mot, un regard de travers. Charlène calmait mes angoisses encore mieux que ne le faisaient mes fauteuils. Eux n'étaient que matière. Passive. Ils ne me soignaient que par l'entremise de mes caresses. Je vivais tout autre chose avec Charlène. Sa présence m'apportait d'emblée de l'énergie. C'est pour cela que je n'avais pas trop peur en attendant jeudi. Je rêvais, j'étais sûr que la magie opérerait de nouveau. Inch'Allah ! Tout se déroulerait très simplement. Je ne fis donc aucun plan. Il était inutile d'en faire. Elle décidait toujours, lançant des idées abruptes et baroques qui d'un coup de baguette dessinaient l'avenir.

Elle allait mener notre barque, j'en étais certain ; je n'aurais qu'à me laisser guider. Je me suis contenté de prévoir quelques aspects pratiques. D'acheter les verres et les bougies. D'aller chez Jacky. Il m'a donné sa fameuse poudre (me conseillant de ne pas exagérer le dosage, le piment étant très fort), non sans me poser une farandole de questions, un peu déçu que « Beau gosse » n'officie pas chez lui. Je lui ai promis de tout venir lui raconter ensuite. Un mensonge, bien sûr. C'était mon histoire, à moi, précieuse et douce. Je n'avais nulle envie que Rico vienne mettre son nez là-dedans.

Je flottais dans mes rêves. Je n'étais pas amoureux, cela ne serait pas tout à fait exact de dire cela. J'étais heureux. Oui, heureux ! Moi ! Moi qui suis si peu apte au bonheur. J'étais amoureux de ce bonheur, tout neuf. L'attente ne fut nullement stressante comme j'aurais pu le craindre. L'air était léger. Mes caresses des tissus, encore plus tendres. Pourtant, je devais réaliser un capitonnage avec une toile d'embourrure spécialement rugueuse, qui n'aurait dû évoquer aucune douceur au toucher. Le capitonnage est un travail de force, mené avec des outils – carrelets et autres tire-crin – sortis d'une panoplie de bourreau du Moyen Âge. Habituellement, je m'y engage comme j'appuie sur les pédales de mon vélo, plongeant dans mes vagues d'efforts et de douleur. Mais je n'avais plus de goût pour la souffrance. La toile rugueuse me donnait le plaisir de la soie.

Le jeudi est arrivé très vite. Mon vélo du matin a semblé glisser sur le paysage ; une douce promenade. Des oiseaux sifflaient rieurs au bord du canal. J'aime le rire des oiseaux. Le soir, pour la musculation, cela a été un peu différent. Je n'ai pas trop osé me laisser aller à la souffrance ou au rêve, j'ai soulevé la fonte avec économie, l'œil rivé sur ma montre. Inutile d'insister, j'ai pris ma douche. Le grand moment était sur le point d'arriver, et à nouveau tout changeait en moi. Mon sang circulait plus vite, le chaudron à produire les émotions avait été remis sur le feu. Pas les sensations tendres et légères de ces deux jours, celles qui avaient converti en soie le vilain calicot. Non, les décharges violentes, imprévisibles, mauvaises. Qui déclenchent des torrents de frayeurs et de honte mêlées.

À 19 h 30, je me suis posté face au *Bar du coin*. Infiniment trop tôt. J'étais là, inconfortable idiot, sur le trottoir, à devoir attendre une éternité. Toutes les angoisses oubliées pendant ces deux jours ressurgissaient maintenant, les vannes étaient grandes ouvertes. Ma gorge se serrait, sèche. Mon ventre se nouait. Mes muscles se raidissaient. Des tremblements me secouaient par intermittence. J'habitais un organisme en voie de dislocation. Je voyageais dans des pensées tout aussi déliquescentes. Minute après minute, mon désastre intérieur prenait des allures de catastrophe. Le mal-être devenait insoutenable. Je devais fuir. L'idée se faisait obsédante, il me fallait fuir absolument, tout de suite, quel qu'en soit le prix à payer. Mille fois déjà, dans des situations bien moins pires, j'avais fui. Cette fois cependant, la voix de Charlène m'en empêchait, me rivant à mon bout de trottoir tel un réverbère. Raide et figé, bête comme un réverbère. Elle m'avait fait confiance. Si gentiment. Elle m'avait pardonné. Elle avait tout effacé, me sortant de l'enfer où j'avais frôlé la mort. Je ne pouvais pas, JE NE POUVAIS PAS m'enfuir une seconde fois. Je devais même refuser d'en délibérer *in petto*. La fuite m'était absolument INTERDITE. Je me suis figé encore davantage pour empêcher tout mouvement, plus raide, plus réverbère que jamais.

« Sami ? »

Je ne l'avais pas vue arriver, par-derrière. Elle avait (légèrement, très légèrement, très doucement) pris mon coude dans la paume de sa main pour opérer sa volte-face. (Si j'étais amateur d'humour, je pourrais dire qu'elle m'avait utilisé comme un réverbère, et que j'avais très bien joué ce rôle, fixement planté sur mon trottoir !) Elle me faisait face, incroyablement près. Et elle m'embrassait pour me dire bonjour ! Ce n'est pas la fille qui rêve, c'est une fée ! La fée qui rend simple la vie compliquée. J'avais oublié le problème de la bise. Elle venait de le résoudre avant même que j'aie eu le temps d'y penser. Avec tant de naturel et de spontanéité que j'ai réussi à l'embrasser correctement. D'habitude j'ai du mal à régler la bonne distance, je reste trop loin dans mon mouvement d'approche, ou je cogne la pommette. Or ce petit bisou s'était étonnamment produit sans encombre, comme entre deux vieux amis qui se retrouvent. Cela m'a fait un bien fou. Elle avait même réussi à poser un coin de ses lèvres sur ma joue, je l'ai très bien senti. (Moi je n'y arriverai jamais, je tourne trop la tête dans l'autre sens, mais qu'importe.) Elle me sortait de l'enfer et guérissait mes maladresses ; mon corps lui-même se dénouait. Une fée ! Je n'avais pas sursauté quand elle m'avait touché le coude, nous nous étions embrassés comme de vieux amis. Le bonheur. Elle m'a fait un grand sourire, les yeux rieurs.

— Alors, on y va, on monte chez toi ? C'est parti pour la super margarita ?

— Oui, c'est juste là, à côté.

Les cent mètres à parcourir jusqu'au 19, rue des Petits-Lapins ont été moins évidents. Je n'ai rien trouvé à lui dire. (« Silence ! Je crois qu'il veut dire quelque chose ! ») Rien à lui dire. J'ai pensé un instant lui raconter que j'étais arrivé trop tôt, et évoquer cette image qui m'était venue, de moi en réverbère, pour la faire rire. Mais l'image m'était venue parce que j'étais raide, et je ne voulais pas lui dévoiler cette fragilité. Et puis je n'ai pas un talent comique. Je ne trouvais donc rien à dire, et je n'ai rien dit. Curieusement, ma fée s'est révélée alors moins magique. Elle n'a pas résolu ce problème. Peut-être avais-je sur elle une mauvaise influence ? Car elle ne trouvait, elle non plus, rien à dire. Les cent mètres ont été longs, très longs. Nous marchions sans un mot, séparés, étranges étrangers l'un à l'autre pourtant promis à devenir des intimes. Nous marchions vers une promesse d'amour, peut-être. Mais d'un pas qui avait les allures d'une marche funèbre.

C'est avec soulagement que j'ai poussé la porte et l'ai fait entrer. Comme on le lit dans les romans de gare, mon cœur battait la chamade. Je crois hélas que les grands sentiments n'y étaient pas pour grand-chose ; j'étais tout bêtement stressé. Son naturel qui m'avait dénoué au début produisait maintenant un effet contraire. J'étais impressionné, à nouveau raide et cassant dans mes gestes. Trop d'aisance chez elle faisait encore plus ressortir ma raideur. J'avais peur d'être gauche, j'étais gauche, dans le moindre de mes mouvements. Ne serait-ce que pour refermer la porte.

Quoi de plus simple pourtant que de fermer une porte ! Eh bien j'ai senti que je n'avais pas bien fait. J'ignore en quoi d'ailleurs. Mon geste avait-il été trop vif ? Trop lent ? Toujours est-il qu'elle a marqué un instant de surprise, j'en suis sûr ou presque. Vite effacé heureusement, par sa magie habituelle (enfin ! elle alimentait à nouveau notre conversation). Il en est allé de même juste après, quand les véritables difficultés ont commencé. Car la porte n'était qu'un détail. Le vrai problème était de savoir comment je me débrouillerais pour la séduire, plus précisément pour l'embrasser. Je n'avais pas élaboré de plan, excepté mon arme dérisoire, la margarita façon Jacky.

Il me fallait aller dans la cuisine pour cela, en évitant qu'elle voie mes manipulations. Je n'allais pas la laisser plantée debout, au milieu de la pièce ! Nous nous sommes installés autour de ma table basse. Les sièges n'étaient pas très bien disposés (j'aurais dû y penser), et nous nous trouvions très éloignés l'un de l'autre. La conversation s'en est ressentie, à des années-lumière de ce qu'elle aurait dû être : chaude, complice, évoquant l'immensité de nos rêves. Le malaise à nouveau m'a glacé, et j'ai réagi comme à ma déplorable habitude, par la fuite. Cette fois, seulement dans la cuisine. « Bon, je vais faire ma margarita. D'accord ? »

Mon attitude n'était guère polie, j'en conviens. Mais comment lui expliquer sinon ce qu'était cette poudre que j'allais mettre dans le mélange ? J'aurais peut-être pu imaginer un mensonge, du genre « c'est un extrait de cactus mexicain ». Je n'y avais pas pensé avant, et j'étais trop stressé pour mentir vrai. Elle est donc restée seule, assise sur son siège, pendant que j'officiais en secret.

Dans la cuisine tout a changé dans ma tête, d'une façon inattendue, inexplicable, libératrice. Il est étrange de constater combien les basculements de l'humeur redessinent l'ensemble d'une situation ; les objets, les personnes, soudain se métamorphosent. J'en ai la triste habitude, certes. Pour moi cependant, ce soir-là, la cause en était très spéciale et rare. La légère prise de distance, jusqu'à la cuisine, avait éloigné l'angoisse. Ce n'était plus la Charlène assise là à m'attendre qui était avec moi, mais son image. Son image dans l'escalier. Montant devant moi. Je me plais à penser que la galanterie a été inventée à cet usage ; pour permettre aux hommes d'admirer la femme qu'ils font passer devant eux. Surtout quand il s'agit d'une nouvelle conquête (j'étais en train de conquérir une femme !). Surtout dans un escalier. Que peut donc penser la femme qui offre ainsi au regard de son amant potentiel ses jambes, la courbe de ses fesses ? Imagine-t-elle la flambée de désir qu'elle déclenche ? Cette image des fesses promises renferme la puissance évocatrice qui provoquait les transes dans les religions anciennes. Alors, l'homme ordinaire communiait avec les dieux. Moi (homme très ordinaire, dans sa modeste cuisine), je communiais avec les dieux. Le désir, le simple désir, m'enflammait, m'insufflant courage et audace. J'avais furieusement envie d'elle. C'est un Sami (presque) neuf, (assez) volontaire et (relativement) plein de fougue qui est revenu vers la table basse.

Charlène m'attendait, assise sur le pouf. Je me suis installé dans mon fauteuil. Un superbe Louis XV, retravaillé de façon très personnelle, avec sa subtile marqueterie de bois de rose, recouvert d'une tapisserie de Beauvais patinée par l'histoire. Nous étions face à face, chacun le nez dans sa margarita. Jacky avait eu raison de me prévenir, j'avais peut-être exagéré, le cocktail laissait dans la bouche un goût piquant. Le silence s'était une nouvelle fois abattu sur nous, pénible. J'attendais que la fée nous délivre, mais Charlène ne pipait mot. Le silence devenait lourd. Il allait détruire mon (étonnante) assurance si je ne faisais rien. Je lui ai proposé de la musique. Elle n'en éprouvait pas la nécessité, mais a répondu que, par contre, la lumière était trop forte. Des bougies alors ? Oui, l'idée lui plaisait. Sans avoir aucune expérience de séducteur, il n'était nul besoin d'être grand clerc pour comprendre le message qu'elle m'adressait. Elle n'avait donc pas été incommodée par le silence. Elle attendait simplement que j'agisse. Je ne pouvais plus me dérober. C'était maintenant ! L'heure du passage à l'acte avait sonné.

Comment diable procéder ? Il fallait nécessairement que je m'approche d'elle. Mouvement facilité par l'allumage de la bougie sur la table basse ; j'étais à moins d'un mètre. Elle ne bougeait pas, inhabituellement raide, figée sur son pouf, inhabituellement silencieuse. La fée qui rend simple la vie compliquée pour cette fois ne me facilitait pas la tâche. Il me restait heureusement sans doute un peu de cet élan de désir qui m'avait enflammé dans la cuisine, car j'ai eu soudain la folle audace d'aller m'asseoir à côté d'elle. Ma tête n'avait joué aucun rôle dans cette décision, seul mon corps avait parlé. Charlène n'avait toujours pas bougé. Elle aurait dû se déplacer légèrement pour m'accueillir. Elle n'avait pas bougé et je ne comprenais pas pourquoi. Cette étrange résistance passive me mettait dans une situation très inconfortable. Mentalement bien sûr. Et physiquement aussi, la situation était très inconfortable. Charlène était restée assise au milieu du pouf, et je n'occupais donc que le rebord, en contrebas, dans une position très instable, une fesse dans le vide. Le seul intérêt de cette position étant que je devais m'accrocher à elle pour ne pas tomber. La toucher s'était avéré une nécessité, dans l'urgence d'une recherche d'équilibre, ce qui m'avait permis de le faire sans réfléchir ; c'était toujours ça de pris. Mais notre histoire commençait d'une manière pour le moins brinquebalante.

Maudit pouf ! Je ne m'en servais jamais. Une récupération familiale sans intérêt. Ramené autrefois d'Algérie je crois. En cuir, mais très mal rembourré. Ne l'utilisant pas, je l'avais laissé ainsi, sans chercher à refaire le rembourrage. Maudit rembourrage ! Il n'avait aucune consistance sur les extérieurs, ce qui aggravait d'autant mon rabaissement. Moi, le funambule improbable (une fesse dans le vide) d'une incertaine promesse.

7.

Au pays de son corps

La situation était incommode et pénible, affreusement gênante. Battre en retraite s'avérait impensable ; j'aurais eu l'air encore plus ridicule et maladroit. Une position d'attente n'était guère plus envisageable, car le silence persistant continuait à nous plonger dans le malaise. Il ne me restait qu'une solution, une seule. L'embrasser. Maintenant ! J'ai pris ma décision avec une inhabituelle facilité. J'en étais heureux et soulagé. Hélas la mise en œuvre s'est révélée pour le moins problématique. Malgré ma grande taille, je me situais plus bas qu'elle, sa tête dépassant la mienne. Je faisais des efforts pour me rehausser, un peu désespérés, comme ces petits enfants qui voient s'éloigner le pompon du manège au moment où ils croient l'attraper. Je me sentais comme un tout petit garçon, je glissais et glissais vers le bas, sa bouche me semblait hors de portée.

Le pompon, dans les manèges, d'un seul coup, on l'attrape. On ne comprend pas pourquoi (on ne voit pas le monsieur qui tire la ficelle), et cela nous est égal. Car seul compte alors le bonheur. Et la fierté.

On a été capable de bondir aussi haut que les étoiles !
J'avais été capable de bondir aussi haut que les étoiles.
Comment avais-je fait ? Charlène avait-elle tiré les
ficelles ? Je n'ai pas trop compris et cela m'était égal.
Seule comptait sa bouche, le choc provoqué par
l'entrée dans cet univers. Un monde humide et doux,
d'entrelacements fluides, qui me prenait tout entier.
L'ensemble de mon être était dans cette bouche
chaude et tendre comme le ventre d'une mère. Je m'y
sentais incroyablement bien, étonné par ce paysage
intérieur, reposé, caressé. J'y serais resté des siècles,
tout entier enveloppé dans cette bouche, si le risque
d'une perte d'équilibre ne nous avait obligés à inter-
rompre brusquement ce baiser. Notre premier baiser.
Charlène m'a ramené à une réalité plus prosaïque
(mais elle avait raison). Elle a presque crié.

— On va se casser la figure !

— Oui, le pouf…

— Oh, put… ! Le pouf ! Il est pas possible ! On
va se casser la figure.

— Oui, il vaudrait mieux se mettre ailleurs.

— Oui, il vaudrait mieux se mettre ailleurs.

— On se met où ?

— Je sais pas…

— Le pouf, c'est pas possible.

— …

— Sur le lit ça serait plus commode.

Ma fée était de retour ! Je ne voyais pas où nous
aurions pu nous installer tous les deux. Dans le fauteuil
Louis XV ? Nous aurions rencontré d'autres difficultés
pratiques. Le lit, juste à côté, semblait effectivement
le plus simple. Mais je n'aurais jamais osé lui proposer,
jamais ! L'emmener tout doucement, en la caressant,

sans le dire ? Peut-être ai-je imaginé la scène. Hélas, cela, je ne sais pas faire. J'avais d'ailleurs senti que mes gestes n'étaient pas les bons quand nous nous étions levés (péniblement) du pouf pour aller vers le lit. Il n'y avait pourtant qu'un mètre à franchir. Nous l'avions parcouru comme cet interminable trottoir pour arriver chez moi ; séparés, silencieux. Et très maladroitement en ce qui me concerne. Il aurait sans doute fallu que je l'accompagne autrement, que je lui prenne la main, que je la serre dans mes bras, que je l'embrasse en l'emportant... je ne sais pas... Pendant quelques secondes, j'ai eu très peur que la magie du baiser ne disparaisse pour toujours. Heureusement ma fée restait gentille, si gentille, souriante... j'allais dire... facile. « Facile » est une insulte quand ce qualificatif se rapporte aux filles ; je ne comprends pas pourquoi. Moi, surtout en cet instant, j'avais un gigantesque besoin que Charlène soit facile.

Nous nous sommes assis, sagement, côte à côte, sur le bord du lit. Je ressentais le caractère emprunté du mouvement. Faux et décalé aussi (nous nous mettions en place pour nous préparer à un exercice, en silence, sans caresses, chacun dans ses pensées). Cette raideur et cette fausseté ne pouvaient venir que de moi. Ma fée ne nous délivrait pas du malaise, mais c'était ma faute, ma seule faute. Il fallait, très vite, rompre cette froideur, continuer à agir. J'ai visé sa bouche à nouveau, droit devant, comme on attaque une forteresse, comme on s'accroche à une bouée de sauvetage. Elle a penché la tête pour m'aider, m'a enlacé. Sa main a glissé, douce et ferme, sur mon dos. Ce petit geste (dix centimètres parcourus tout au plus) a déclenché en moi la foudre. J'ai été surpris, électrisé. Surpris car j'ai pris conscience d'être resté idiotement bras ballants. Seules mes lèvres et ma langue avaient agi ; bélier lancé contre une porte à abattre. Je n'avais pas pensé à la toucher, l'enlacer, la caresser. Mon cerveau avait décidé d'attaquer la bouche, j'avais oublié mon corps.

Électrisé ! Depuis quand n'avais-je pas été touché de la sorte ? Mon coude (réverbère sur le trottoir) avait déjà perçu quelques délicieuses promesses. Je me sentais intensément exister par mon corps. Mon corps frissonnant se sentait exister par cette main caressante. Elle m'enveloppait, pacifiait mes guerres intérieures. J'étais regroupé sur moi. Regroupé sur moi en ne faisant qu'un avec Charlène. Le deuxième baiser, tout aussi doux et humide que le précédent, élargissait l'horizon d'existence de ce monde nouveau, par mon corps enfin présent à la vie. Je l'ai caressée à mon tour. Ai-je déjà, vraiment, caressé une femme ? Je ne m'en souvenais pas. C'était comme une première fois. Merveilleuse. Mes mains se sont dénouées enfin, enhardies. Je découvrais du bout des doigts ses paysages, ses vallonnements, avec des émotions explosives indéfinissables. Il y avait de tout en moi. Du bonheur simple et calme, venu de l'incroyable découverte de mon propre corps renaissant. Du soulagement, de la fierté d'avoir réussi l'impensable. Du désir plus animal, si précieux à éprouver quand on a peur de n'être qu'un fantôme. Du sentiment peut-être. Qui sait, de l'amour pour Charlène ? Et surtout, cette sensation étrange au bout de mes doigts, de retrouver la subtile extase de la caresse des étoffes. Elle était mon fauteuil magnifique, infiniment plus magnifique que le plus magnifique des fauteuils.

Son corsage était en coton lisse, tissé fin, mais en coton j'en suis sûr, car, même lisse, le coton a une trame qui ne ment pas sous les doigts. Il ne laissait libre aucun flottement, lui collant à la peau, faisant corps avec sa peau ; je caressais son corps par-delà le coton. J'ai exploré tout le corsage ; le dos, les épaules, l'encolure. J'ai touché la peau au passage de sa nuque, puis suis redescendu vers son cou. Sa peau était plus lisse encore que le coton, incroyablement douce, incroyablement souple. Je n'en revenais pas d'avoir quitté le coton avec tant de facilité. De n'éprouver rien d'autre que du plaisir dans cette plongée vers l'audace. J'aurais pu poursuivre mon chemin, je le sentais. Elle ne résistait d'aucune manière. J'étais étonnamment libéré, tout à mon voyage, à mon bonheur. J'aurais pu redescendre vers ses seins. L'idée de caresser sa poitrine provoquait de délicieuses décharges, qui incendiaient certaines parties de mon organisme. J'ai pris une autre route. Nullement par peur, je n'avais plus peur ! En suivant mon intuition, par goût de la découverte, en savourant sans impatience. Je suis revenu sur le tissu, ai glissé vers son ventre, suis remonté le long de la couture (originale, en gros points de croix), ai découvert les boutons, très drôles, en forme de petites coccinelles me semblait-il. J'ai osé regarder : il s'agissait bien de coccinelles. J'aurais dû les remarquer avant, rouges sur son corsage noir ; je n'avais rien vu. Maintenant je voyais tout. Je me sentais une puissance quasi divine. J'ai même eu envie de chanter une plaisanterie (« Petite coccinelle, fera-t-il beau demain ? ») avant de libérer de sa boutonnière la première du rang. Je me suis ravisé. L'humour aurait été de trop. De toute façon, l'ambiance de mes sensations n'était pas au rire. Le raffinement de l'expérience, confinant au mystique, exigeait davantage de recueillement. J'ai délivré une coccinelle, avec douceur, la faisant délicatement pivoter sous mes doigts. Puis la suivante, puis la suivante… J'ai ouvert les pans du corsage, avec une lenteur extrême, comme on le fait d'un emballage d'un cadeau précieux. Son soutien-gorge à balconnets offrait à la vue une guipure florale ornée d'un ruban de soie rose. Pourquoi faudrait-il aller dans les musées pour admirer des chefs-d'œuvre ? La beauté la plus absolue était ici. Jamais un tableau ne pourra donner une telle émotion esthétique, ce mélange inouï de dentelles et de chaudes rondeurs vibrantes. Sa gorge se soulevait, respirait avec émoi : j'avais peine à imaginer qu'elle puisse être ainsi sensible à mes caresses. Mes mains voyageaient sans penser à cela, pour leur propre plaisir et pour le mien. Et voilà qu'en plus elles réalisaient des miracles !

La suite s'est révélée un peu plus laborieuse, j'ai buté sur un obstacle. J'avais entrepris de découvrir ses jambes, j'osais ses cuisses, l'entrecuisse, son sexe au-delà de la toile. Fortement tramée, raide et rêche, de jeans à l'ancienne. Sa peau, son corps, étaient toujours là comme avec le corsage, bien que de façon moins immédiate ; la toile épaisse jouait les intermédiaires, filtrant les sensations. Ce qu'elle laissait passer n'en était pas moins troublant. Mes doigts découvraient ses formes, ressentaient ses émotions. Tout cela restait parfaitement palpable. Mais curieusement je retrouvais aussi les repères habituels de ma caresse des étoffes. Or je n'étais pas là pour câliner un fauteuil. Il fallait que je me débarrasse au plus vite de ce jeans inconvenant. Je croyais opérer comme pour le corsage. Hélas l'affaire était autrement plus ardue. Cela a commencé par le premier bouton, en métal, terriblement sous tension. Il m'a fallu faire un effort vraiment important pour l'ouvrir, j'avais mal au bout des doigts. Il a cédé d'un coup, sans aucune grâce, tel un barrage qui craque sous la pression des eaux. J'ignorais que le plus dur était encore à venir. Naïvement, je pensais pouvoir faire glisser son pantalon comme j'avais ouvert son corsage, je rêvais à la même douceur, à l'esthétique des gestes, aux mêmes surprises merveilleuses. J'ai tiré légèrement vers le bas ; rien ne s'est produit. J'ai tiré plus fort ; rien, le jeans lui collait au corps. Je perdais pied. Le plaisir, le bonheur, s'évanouissaient. Mon assurance aussi. Je redevenais soudain l'incapable, le petit garçon, qui ignore tout des femmes. Ce n'était pas possible ! Non, ô non ! Je venais d'accomplir de tels miracles ! Je me suis redressé, énervé, et j'ai tiré un coup sec en saisissant le bas du pantalon. Charlène est venue avec, les jambes hors du lit. Elle m'a repoussé. « Non laisse, laisse… Je vais faire. »

Elle s'est levée, a retiré son jeans. Du moins je l'imagine, puisqu'elle était nue juste après. Je n'en ai rien vu. J'étais trop occupé à me dévêtir moi-même, le plus rapidement possible, concentré sur mes gestes, les yeux presque fermés. Je voulais sortir au plus vite de cette horrible parenthèse où j'avais retrouvé mes démons, mes angoisses. Revenir au miracle, aux caresses. À son corps. Le moment était semblable à une perte d'air lors d'un effort extrême ; j'attendais de retrouver le souffle de la vie. Je suis revenu vers elle comme j'avais été vers sa bouche lors du premier baiser, de façon brusque et malhabile (parce que désespérée), en collant ma peau à sa peau, de tout mon corps. Je l'ai serrée très fort, trop sans doute. J'en aurais pleuré. Mes mains ne bougeaient pas. Aucun mouvement, aucune caresse. Il m'a fallu quelques secondes, j'ai retrouvé la vie. J'étais sauvé.

Puis, peu à peu, j'ai entrepris de reprendre mes voyages en caresses. Il n'y avait plus de coton, de ruban de soie ou de bouton-coccinelle, plus rien de mon univers familier des étoffes. Que sa peau. Sa nudité, offerte à mes mains, étroitement unie à la mienne, poitrine contre poitrine, sexe contre sexe. Seuls les habitués du malheur (comme moi), savent ce que peut être un bonheur extrême, qui explose de l'intérieur. Les gens normaux ne connaissent que le bonheur ordinaire ; une sérénité agréable, pas une explosion irradiante. De celles qui donnent envie de hurler. J'avais envie de hurler mon bonheur. Fêter cette victoire impensable. Cette sensation si nouvelle de liberté. Cette facilité de la vie. Jamais je n'aurais pu imaginer que la vie puisse être si facile, sans obstacles, sans angoisses. Mes mains n'avaient peur de rien, pénétrant avec curiosité et douceur dans ses plis intimes, ses repaires secrets déclenchant le plaisir. Le plus surprenant pour moi était de sentir le rythme qui m'entraînait. J'étais une symphonie. Discrète et silencieuse, mais gigantesque de puissance et d'harmonie ; une symphonie fantastique. Mes crispations avaient disparu, mes mains dansaient une chorégraphie limpide. Mon corps lui-même, habituellement si gauche, trouvait comme par magie les mouvements sans fausse note. Nous dansions ensemble, merveilleusement accordés à notre mélodie complice.

Je savourais la texture de sa peau, plus soyeuse qu'un satin de Damas. Je savourais aussi la souplesse, irrésistiblement attirante, que je sentais en dessous. Chose beaucoup plus étonnante pour moi, adepte du muscle sec. Je serais resté des heures ainsi, sans bouger, sans penser, petit bébé enfin paisible, enfoui dans ces oreillers de chair si douce, délivrant un câlin intégral qui m'enveloppait tout entier. J'ai plongé dans ses seins, dans ses cuisses. J'aurais voulu aller encore plus profond, m'oublier totalement, disparaître, mourir en cet instant de félicité sans fin.

J'étais si bien que j'en avais presque oublié le sexe, le terrible sexe, qui me fait tant trembler. Les affolantes performances à réaliser, sous peine d'être cloué au pilori, ridiculisé, sanctionné. À la moindre imperfection, sans même parler de défaillance. Par une armée de femmes intraitables. Charlène ne faisait pas partie de cette armée effrayante, je le savais, je le sentais. Elle n'attendait rien d'autre que d'être bercée par le charme de notre danse amoureuse, où qu'elle nous mène, sans programme, sans exploits impératifs à réaliser. Pour cela aussi, j'en étais convaincu maintenant, je l'aimais. Elle était vraiment la fille qui avait su deviner mes rêves.

J'entrais en elle comme mes mains avaient voyagé sur sa peau, avec naturel, emporté par le rythme, dans un enchaînement crescendo des caresses, inaugurant sans rupture un mouvement plus intense et haletant. *Allegro appassionato*. Je n'avais même pas pensé à mes angoisses, j'étais vraiment devenu un autre homme. J'avais une sérénité, une confiance en moi, que je ne m'étais jamais connues ; rien ne semblait pouvoir m'arrêter. Même quand Charlène m'a demandé de

mettre un préservatif, et que j'ai dû lui avouer que je
n'en avais pas chez moi (heureusement elle en avait
un dans son sac). Les petits grains de sable ne provo-
quaient aucune catastrophe. Je ne reconnaissais plus
ma vie. Le Sami d'autrefois, pauvre fantôme, était
devenu en un soir un étranger, que je n'avais aucune
envie de retrouver. Je réalisais des miracles, de vrais
miracles. Charlène jouissait ! Moi, Sami, je l'avais fait
jouir, elle vibrait sous mes mains, secouée par des mouvements qui accéléraient sa respiration, jusqu'à ce que
son souffle prenne des sonorités douces et rauques,
pareilles à des râles enchanteurs (j'aime cette idée du
plaisir proche de la mort), avant de décroître vers un
final d'apothéose un peu plus lent et grave. *Andante
cantabile.*

Nous n'avions pas seulement rêvé d'amour,
nous l'avions fait, selon cette expression étrange qui
attribue au sexe la réalisation du sentiment. Nous
l'avions fait longtemps. Nous sommes restés ensuite,
plus longtemps encore, quasi immobiles (juste de
minuscules caresses), collés l'un à l'autre, ma fée pelo-
tonnée dans mes bras. Immobiles et muets. Muets
mais pas sourds. Car le silence qui nous unissait était
incroyablement volubile. Mille choses étaient dites,
infiniment plus nombreuses, plus subtiles, que celles
qui sont exprimées par des mots. Notre silence parlait
de bonheur, de douceur. De complicité féerique, de
communion intime. De cette impression, de cette cer-
titude, de ne faire qu'un. Nous ne faisions qu'un ;
c'est surtout cela que disait le silence. Moi qui avais
toujours été fragmenté, éclaté de l'intérieur, j'étais
enfin regroupé sur moi-même en ne faisant qu'un
avec une autre personne ! Il y avait là une bizarrerie,

qui méritait réflexion. La respiration de Charlène était devenue lente et régulière, elle dormait maintenant dans mes bras ; j'ai alors essayé de réfléchir à ce bouleversement soudain de mon existence. En quelques heures j'étais devenu un autre homme, par la grâce d'une fée. Sami seul aurait été absolument incapable d'accomplir un tel prodige. L'ancien Sami était piégé dans ses routines et rongé par ses angoisses. Sa vie était petite, vide, grise. Il ne vivait même pas vraiment ; ce n'était qu'un fantôme. Ou, lorsqu'il vivait un peu, ce n'était que pour éprouver de la souffrance. Il se complaisait dans la souffrance et l'idée de la mort. Comment pourrait-on s'attacher à un tel individu ? Mon « mystère » n'en était pas un, et l'énigme n'était en fait pas difficile à élucider, je le comprenais désormais : j'étais tout simplement infréquentable. Que Charlène ait pu entrer dans ma vie était un autre mystère. Mais je n'avais pas envie d'y penser. Seul comptait mon nouveau bonheur. Il vaut mieux ne pas trop penser à tous les pourquoi et tous les comment quand on est heureux. J'étais heureux, c'est tout. Et le nouvel homme n'avait pas la moindre envie de retrouver son état de fantôme. Moi qui parfois avais beaucoup de mal à prendre des décisions pour des peccadilles, j'étais résolu, sans l'ombre d'un doute. Résolu à mettre à mort mon passé mortifère. M'éveiller complètement différent. Renaître. Naître enfin à la vraie vie. Ma pauvre existence d'autrefois ne méritait pas qu'on s'y attarde une seule seconde, elle était bonne à jeter aux orties. Dans quelques heures, l'aube allait se lever sur un Sami méconnaissable, qui allait devoir tout réapprendre, des gestes les plus simples et des grandes valeurs de l'existence.

Avais-je dormi ? Sans doute un peu. À 6 heures, l'heure du vélo, j'étais réveillé comme à mon habitude. Par les plus grands froids, la pluie, le vent, je n'avais jamais raté une séance. Il m'a pourtant paru évident qu'en ce matin exceptionnel je n'irais pas. J'étais là, toujours moi-même et pourtant un autre, avec Charlène collée à moi, dans ma nouvelle vie. Et le vélo n'y trouvait pas sa place. Pourquoi d'ailleurs m'étais-je donc astreint à cet exercice harassant pendant des années, pour quelle raison avais-je choisi de tant souffrir plutôt que de chercher le plaisir et le bonheur ? Décidément, j'étais bien devenu un tout autre homme. Qui ne comprenait plus rien à l'ancien.

Charlène dormait, la tête sur ma poitrine, au creux de mon bras entourant ses épaules. Nos jambes s'entrelaçaient. Le simple contact de sa cuisse sur mon sexe déclencha une érection violente, presque douloureuse, qui imposait la libération impérative de trop de tension contenue. J'ai senti de l'animalité en moi. Étrange impression, très nouvelle. J'ai éprouvé le bonheur de cette animalité, qui donne plus de vie à la vie. J'ai doucement tenté de l'éveiller, pour l'entraîner vers mon désir. Vainement. Ma liberté de mouvement était limitée par son corps allongé sur le mien. Mes lèvres pouvaient tout au mieux déposer de petits baisers sur ses cheveux, mes jambes frotter légèrement les siennes. Seule ma main libre pouvait être plus entreprenante. J'ai d'abord parcouru sa peau avec une infinie délicatesse, à peine un effleurement, du bout des doigts. Puis la paume a exercé des pressions, s'enfonçant, malaxant ses souplesses. Ses seins, ses cuisses, ses fesses, étaient un paradis offert à mes manipulations. La tension du désir devenait intenable. Charlène dormait toujours,

imperturbablement ! Elle articulait de petits grogne-
ments quand mes mouvements étaient trop appuyés,
plongeait son nez encore plus profond dans ma poitrine, se recroquevillait en boule dans mon bras immo-
bilisé. J'ai sans doute dû lutter plus d'une heure, par
vagues successives (quand mon sexe hurlait son désir
incompris). Puis, de guerre lasse, toujours bloqué dans
la même position, je suis revenu à des effleurements,
légers, si lointains parfois qu'ils dessinaient son corps
à distance. Mes envies étaient secondaires, seul comptait son bonheur. Charlène voulait dormir, elle était
heureuse dans son sommeil, je le voyais bien.

8.

Premier matin

7 heures. J'étais bien, flottant dans un temps immobile. Pourtant les minutes s'égrenaient. 8 heures. J'observais mon vélo, essayant de comprendre pourquoi il était soudain devenu si froid, sans âme. Hier encore il suffisait que je le regarde au matin pour que mon corps s'électrise, que l'envie m'emporte (voyages vibrants, de souffrances vaincues, voyages qui développaient en moi une énergie venue des profondeurs). Il était muet maintenant, il ne me disait plus rien. Il était bêtement posé là, sur le mur de mon studio, saugrenu, ridicule. Comment peut-on construire une part de sa vie autour d'un vélo ? Dérisoire ! Il m'avait aveuglé. Il avait été un prétexte me permettant de fuir les personnes. Comment peut-on remplacer des relations humaines par un vulgaire vélo ? Pitoyable !

J'étais bien (j'avais juste le bras gauche un peu engourdi). Rêvassant à ma vie nouvelle. Depuis plus de deux heures, sans bouger. Je pensais à ces mystiques qui expliquent de quelle manière une révélation un jour les illumina. J'étais comme eux, baigné de lumière et de félicité. Ma révélation à moi, c'était Charlène.

Ma fée. Elle dormait tout contre moi. J'avais l'impression de ne faire qu'un avec elle. L'ancien Sami, le fantôme, était mort ; et le nouveau ne faisait qu'un avec Charlène. J'avais l'impression que nous nous comprenions, bien qu'aucun mot ne soit prononcé. Collés l'un à l'autre. Que nous sentions nos deux existences plonger ensemble dans un univers nouveau. Liquide et doux. Comme un rêve, libérateur, léger.

J'aurais pu rester toute la journée ainsi. Frappé par cette béatitude muette, cette extase immobile. Trop heureux de mon bonheur, je ne voyais pas le temps passer. 8 h 30. 8 h 30 ! Charlène m'avait dit qu'elle travaillait à 9 heures. Il fallait la réveiller, c'était évident. Tout de suite ! À 6 heures, il était trop tôt pour elle, mais ensuite j'aurais dû insister, au lieu de rêvasser. Nous risquions de n'avoir même pas le temps d'un tout petit câlin.

— Charlène… désolé, mais je crois que c'est l'heure…

— Hunnn…

— Désolé… il est 8 heures et demie…

— Hein ? Putain de bordel, c'est pas vrai ? !

Elle a parfois ainsi des mots abrupts. Je lui pardonne. Elle les prononce sans penser qu'ils sont vulgaires, j'en suis sûr. Quand elle est très surprise, ou en colère. Dans sa bouche, je suis prêt à les accepter. De sa bouche, de son corps, de l'ensemble de sa personne, je suis prêt à tout accepter. Je suis si bien avec Charlène. J'aurais tant aimé rester avec elle comme cela, dans le lit, des heures et des heures ! Pour revivre les intensités de la nuit. Ou même simplement pour être ensemble, nous parler, communier en silence, sentir le merveilleux mouvement qui

bouleversait de l'intérieur nos existences. Charlène
visiblement n'avait pas le temps, des préoccupations
beaucoup plus pratiques et immédiates l'avaient
réveillée en deux secondes. Elle s'était redressée d'un
coup, elle était assise dans le lit, regardant de façon
incrédule autour d'elle, cherchant les repères d'une
familiarité perdue. Elle a écarquillé les yeux à la vue
du vélo, balayé d'un regard l'ensemble de la pièce,
fixé un instant le fauteuil (il est difficile de rester
insensible au charme qu'il dégage). Avec le plus grand
naturel (je m'étonnais moi-même), je lui ai caressé
doucement la cuisse sous le drap. Elle a fait un petit
bond de côté.

— Non, putain, Apollon, on n'a pas le temps,
bordel !

— Sami.

— Oui, Sami, bien sûr, Sami, j'avais oublié.
Excuse-moi. J'ai un peu la tête en vrac. Mais c'est la
bourre, là ! Je t'avais dit, il faut absolument que je
sois à 9 heures pile au taf.

— D'accord.

— Je file sous la douche. Tu peux me passer une
serviette ?

— Il y en a une dans la salle de bains.

— Oui, mais tu pourrais pas m'en passer une
autre, une serviette propre, rien que pour moi ?

— Oui.

— Merci Sami.

Je n'étais pas déçu. Un peu surpris. Par cette soudaine rupture de rythme qui m'expulsait de mon beau
rêve. Mais pas déçu. J'étais tellement bien dans mon
bonheur que tout cela n'était que péripéties sans
importance. Petits problèmes pratiques, ridicules au

regard de la lumière nouvelle qui m'inondait de l'intérieur. Je mis quelques minutes à trouver une serviette
(elle était dans le tas que j'avais ramené du Lavo-
matic), froissée mais propre. Bizarrement, Charlène
n'avait pas bougé malgré l'urgence. Elle était toujours
assise au milieu du lit, semi-nue. J'ai admiré sa poitrine magnifique. Je ne l'avais jamais vue ainsi, c'était
presque la première fois que je la voyais vraiment, je
ne parvenais pas à décrocher mon regard. Ici ! Dans
mon lit ! Charlène. Nue ! Magnifique ! Je lui ai tendu
la serviette.

— Elle est chiffonnée.

— C'est pas grave.

Elle m'a regardé, fixement, quelques secondes.
Pourquoi ? Je l'ignore. Il y avait pourtant un message
dans ses yeux (réprobateurs ?), dans ses sourcils légèrement froncés. Mais je ne suis pas parvenu à le déchiffrer. Elle a glissé vers le bord du lit, le bas du corps
sous le drap. Surprenant. Puis a déplié la serviette
autour de sa taille. Elle était un peu trop courte pour
permettre un tour complet. Charlène a retenu ses deux
extrémités d'une main crispée sur son ventre. Les pans
de tissu-éponge s'écartaient en dessous de sa main,
dévoilant son sexe, superbement mis en valeur par cet
écrin d'étoffe. Vert pomme. J'étais à un mètre d'elle,
observant la scène, intrigué, fasciné. Intrigué, car son
petit manège n'avait aucun sens, alors qu'elle était en
retard et aurait dû bondir sous la douche. Un accès
de pudeur matinale aurait pu expliquer les choses,
mais ce n'était pas le cas puisqu'elle plantait sous mes
yeux son sexe parfaitement nu. J'étais fasciné surtout.
Nous avions fait l'amour dans l'obscurité et je n'avais
guère vu son corps. Même en pleine lumière, on ne

voit pas le corps de la même manière quand on fait l'amour. Ce matin, sa nudité était différente, pleine du charme insolite de l'ordinaire. Je sais, l'on dit que le regard d'amour embellit tout, alors que le quotidien ramène à une vérité crue et médiocre. L'on dit cela, mais personnellement je ne suis pas d'accord. L'ordinaire a sa grandeur aussi pour qui sait découvrir sa grâce particulière. Certes il faut être un peu alchimiste, savoir transformer en brins d'or des poussières. À cet instant, j'étais alchimiste. Sa chair pâle, ses poils noirs de jais, le vert pomme, m'apparaissaient d'une beauté curieuse et foudroyante. J'admirais.

Charlène a pivoté et couru vers la salle de bains. J'ai entendu bientôt le bruit de la douche. Nouveau charme insolite, étrange charme ambigu, de l'ordinaire. Un ordinaire qui à la fois était le mien (mon studio, le bruit de ma douche) et totalement transformé. J'avais fait l'amour avec Charlène, c'était très bien, c'était extraordinaire. Mais ce que je ressentais alors n'était pas moins appréciable : Charlène entrait aussi dans les détails de ma vie de tous les jours. Elle prenait une douche. Sous MA douche. Elle allait s'essuyer avec ma serviette. Tout ceci n'était donc pas un rêve. Tout ceci n'était donc pas une parenthèse enchantée en dehors de ma vraie vie, ma vie habituelle. Demain mon existence continuerait avec Charlène. Dans dix ans, dans vingt ans, pour toujours, je serai avec elle. Et cela commençait maintenant, avec ce bruit de la douche, avec son odeur qui imprégnait encore le lit, avec le petit déjeuner que j'allais lui préparer.

— Tu as le temps de prendre un thé ?

— Tu n'as pas de café ?

— Non, pas de café.

— Ben… un thé alors. Avec quelque chose, parce que j'ai vachement faim.

— J'ai des biscottes et de la confiture.

— T'as pas, je sais pas moi, du pain, du fromage, un yaourt ? J'ai vachement la dalle !

— Non, désolé, je peux aller en acheter si tu veux.

— Pas le temps, pas le temps… on va faire avec le thé-biscottes.

Je me suis affairé en cuisine, ai mis l'eau à bouillir, cherchant à la hâte dans le frigo et les placards ce que je pourrais ajouter. Le paquet de biscottes avait été ouvert depuis longtemps ; elles semblaient un peu molles. Charlène avait faim. Personnellement, je ne mange pas au réveil. Un thé me suffit. (J'emmène ma boisson énergétique et mes barres chocolatées, les carburants de l'effort sur mon vélo, juste pour éviter la défaillance.) J'ai rempli un saladier avec des Mars et des Kit Kat, l'ai posé sur la table basse, en plus des biscottes, du beurre, du pot de confiture. J'ai cherché des soucoupes pour les bols. Je n'en avais pas. J'ai disposé les bols sur des assiettes. J'étais assez content de moi. Tout cela avait été improvisé, de bric et de broc, dans l'urgence, j'en avais bien conscience. Ma table cependant avait presque fière allure, elle avait été rarement à pareille fête. À quand remontait la précédente réception, qui avais-je invité à manger ? Je n'en avais pas le souvenir.

Le charme ambigu de l'ordinaire jouait à nouveau, lié au trouble d'une mutation existentielle qui était en train de me métamorphoser. Par les objets. C'était encore ma table et déjà ce n'était plus elle. Elle vivait d'une façon différente, elle me faisait vivre différent.

À deux. La seule vue des bols était un ravissement. Une surprise et un ravissement. Ainsi c'était bien vrai, ma vie avait changé, en une soirée, d'un coup de baguette magique. Charlène, ma fée ! Ma fée allait s'asseoir là, prendre sa place, chez moi, dans ma vie, sur le pouf. Les envols sentimentaux ont quelque chose à voir avec le divin, les élans du désir redonnent à des fantômes le goût de l'existence. Tout cela est sublime, et j'ai respiré l'air de ces hauteurs inouïes avec Charlène. Mais les deux bols n'étaient pas moins grandioses à leur manière. Peut-être pas grandioses, le terme n'est pas adapté à leur modestie. Exaltants. C'est cela, exaltants, subtilement exaltants. Face aux bols, j'ai réalisé la portée du tournant qui s'annonçait. Ils étaient le concret, la matière, le marbre fixant le destin, qui prouvaient, au-delà des rêves et des paroles, que plus rien sans doute ne serait pour moi comme avant. Je devenais un autre, j'étais déjà un peu ce surprenant Sami conjoint.

Charlène est sortie de la salle de bains presque en courant, elle a regardé sa montre. « J'ai que trois minutes. »

Trois minutes ! J'aurais tellement aimé qu'elle ait bien davantage, toute la journée au moins, pour commencer. Que nous ayons tout le temps de rêver ensemble, de fêter cet événement prodigieux que nous étions en train de vivre. Dans la tendresse, la complicité, voire les mots doux et les caresses. À cet instant je dois dire j'ai été un peu déçu. J'espérais qu'au moins elle s'asseye face à moi, que nous ayons l'occasion d'expérimenter brièvement ce rituel nouveau. Cela aurait suffi pour me nourrir de souvenirs merveilleux pendant des heures. Trois minutes auraient suffi. Mais Charlène est restée debout, a croqué une demi-biscotte, siroté quelques gouttes de thé. Pas davantage que la veille avec la margarita. Du bout des lèvres, avec la même bouche en cul de poule. (Elle avait pourtant dit qu'elle avait faim.) C'était déjà fini, elle se dirigeait vers la porte, prête à partir ! Nous n'avions pas parlé de nous, de notre amour, de l'avenir ! Elle semblait ailleurs, stressée, et soudain cela m'a fait peur. Charlène avait-elle été déçue par quelque chose ? Ensorcelé par le charme de l'ordinaire, je n'avais pas remarqué combien ses traits étaient fermés, son ton cassant. J'étais peut-être seul à rêver à notre amour. Les bols ne prouvaient rien.

« Merci Sami. C'était sympa. On se téléphone, hein ? »

« On se téléphone » ! Je sais combien une telle phrase peut s'entendre à double sens. Un peu comme le fameux « On vous écrira » après un entretien d'embauche ; on écrit rarement. Charlène signifiait-elle sèchement la fin de notre histoire ? Je ne pouvais y croire. Ou plutôt souhaitait-elle réfléchir un peu, ne pas s'engager trop vite ? Cela, je pouvais le comprendre, même si moi j'étais totalement prêt à tout tout de suite. Je me sentais trop bien dans cette nouvelle vie. Avec ma fée.

9.

Les chaussures du destin

Je n'avais su quoi lui dire. Je n'avais rien dit. Nous ne nous étions même pas embrassés (c'était un très mauvais signe). Elle ouvrait la porte, elle allait s'en aller ! J'ai été pris d'un frisson, et j'ai senti de vraies sueurs froides couler dans mon dos. Jusqu'à ce moment terrible, je croyais que les sueurs froides étaient une métaphore, seulement une métaphore, comme on dit d'une grande peur qu'elle fait « froid dans le dos ». Je découvrais alors qu'elles coulaient pour de bon et qu'elles étaient glaciales. Je tremblais. Un événement imprévu nous a évité de terminer ainsi, lamentablement, sans connaître les rêves de chacun, sans qu'un mot soit prononcé. Charlène avait eu le regard accroché par quelque chose, sous les couvertures, près du lit.

« Merde ! Mes talons ! »

Je l'avais effectivement trouvée plus petite ce matin. Hier soir, Charlène était arrivée bien plus haute, perchée sur ses chaussures à talons. J'en avais un souvenir très précis. Quand elle avait monté l'escalier devant moi. Superbe.

Elle a repoussé la porte, s'est précipitée vers les chaussures, a tenté de les glisser dans son sac. Vainement. Ce n'était pas la peine d'insister ; elles ne pourraient jamais y entrer. Charlène a insisté pourtant, énervée, comprimant de toutes ses forces les chaussures dans le pauvre petit sac. J'en avais mal pour le cuir qui se déformait à en craquer, les talons qui risquaient de casser.

— Ça ne rentrera jamais, ai-je remarqué, il est bien trop petit.

— Je le vois, bordel ! Putain, comment je vais faire, moi ? Putain, tu pourrais pas m'aider un peu, au lieu de rester là comme un piquet ?

— Tu veux un sac en plastique ?

— Ah non, pas de sac en plastique ! Tu me vois arriver à l'agence avec mes talons dans un plastique ? Bonjour la gloire !

— Bien, c'est tout simple, tu n'as qu'à les laisser là.

— ...

— Tu les laisses là et tu les retrouves ce soir.

— Ce soir ?

— Oui... Ce soir.

— Mais...

— Tu ne pensais pas venir ce soir ?

— ...

— Tu n'as pas envie ?

— Écoute, Sami, c'était sympa, mais faut pas non plus croire je ne sais pas quoi.

— ...

— C'était vachement sympa, t'es vraiment super, Sami, vraiment, mais...

— Mais tu peux passer juste pour prendre tes chaussures. Ou juste pour une margarita.

— Ah non, pas la margarita !

— Alors juste pour prendre tes chaussures.

— Alors juste pour prendre mes chaussures…
OK… À ce soir. Je file.

Puis, d'un coup, plus rien. Charlène était partie.
Le studio était vide. Ma tête aussi. Je ne parvenais
pas à réfléchir. Il le fallait pourtant. Il le fallait à tout
prix, je devais absolument y voir clair. J'ai décidé de
ne pas aller au travail, pour essayer de me concentrer,
de comprendre. Je me suis assis dans mon fauteuil.
Pas le meilleur endroit sans doute, car en face de moi
le pouf délaissé me renvoyait cruellement l'image de
son absence. Le studio était vide, énormément vide.
Ma tête aussi. Ma vie encore davantage. Tout ce qui
venait de m'arriver était proprement incroyable. En
moins de vingt-quatre heures j'étais devenu un autre,
tout autre, j'avais réussi à tuer le fantôme en moi, à
me sentir enfin vivant. Ma fée avait réalisé ce miracle,
et ce n'était pas un rêve, j'en étais absolument certain.
Tout cela était très concret, très réel. Mon corps
s'était libéré de ses démons, mes mains avaient touché
le bonheur. Je ne voulais pas revenir à hier, au fantôme, à cette mort lente qu'avait été ma vie. C'était
fini ce Sami infâme, à jamais. Je ne voulais plus
retourner au vide. Et pourtant le vide était là, insupportable, irrespirable.

Je sentais mon corps (lourd, de plus en plus lourd)
s'enfoncer dans le fauteuil. Le rêve s'était brisé,
l'énergie vitale me quittait. Le rêve n'avait pas été
qu'un rêve, j'avais bien vécu cette révolution intérieure, mais le rêve était maintenant brisé. Charlène
était partie. Presque sans un mot. Les traits durs. Je
ne m'étais même pas rendu compte, avant ces derniers

instants, qu'elle avait suivi un autre chemin que le mien. Quelque chose lui avait déplu ici, quelque chose lui avait déplu en moi. Et je pouvais le comprendre, oh que oui ! Il y a tellement de choses déplaisantes en moi. Mon corps s'enfonçait encore, j'étais incapable du moindre mouvement. Ma vie (ma nouvelle vie, à peine entrevue, la vraie) s'effondrait, et je redescendais plus bas encore que l'état de fantôme antérieur. Une masse inerte clouée dans son fauteuil. Combien de temps étais-je resté ainsi, incapable de réagir ? Sans doute une bonne heure, impossible de le dire. Et puis j'avais vu ses escarpins.

Il restait donc malgré tout un peu de Charlène ici. Je me suis dressé d'un bond. J'ai pris ses chaussures dans mes mains. Un frisson. C'était bien elle que je touchais, son corps, sa peau. J'osais à peine les caresser tant l'impression d'intimité charnelle, d'intimité violée, était vibrante au bout des doigts ; j'explorais ma fée dans ses détails sans même qu'elle le sache. Alors que les clous en strass de pacotille auraient dû me rebuter, j'ai admiré leur dérision clinquante, pied de nez à tous ceux qui se prennent bien trop au sérieux. En tâtant les fines brides croisées, mes idées voguèrent ailleurs, j'avais oublié toute notion d'esthétique ; je caressais ses chevilles, vraiment. Hélas, ses chevilles ont ensuite disparu de mes sensations. Seules les brides étaient là sous mes mains. Les brides et le vide, l'absence, sidérale. J'ai eu envie de pleurer. Je ne voulais pas que cette histoire se termine ainsi, ce n'était pas possible, je l'aimais trop. Je ne sais pas si ce que je vivais était vraiment de l'amour, l'amour normal que vivent les autres, j'ai trop peu d'expérience en ce domaine, mais je vivais ces émotions comme un fou. Avec la violence de ce que l'on appelle un coup de foudre. Un drôle de coup de foudre sans doute. Pas cet éclair ridicule et mystérieux venu d'on ne sait où. Une foudre bien concrète, charnelle, intime, qui me chambardait de l'intérieur. J'étais emporté par l'émotion d'une métamorphose personnelle, un papillon enfin sortait de la larve hideuse. Cela seul aurait suffi un million de fois pour aimer Charlène, qui avait réussi ce miracle. Mais je l'aimais aussi pour elle-même, tout simplement, pour sa beauté, son énergie, pour son corps. Je ne sais pas trop ce qu'est l'amour, mais je l'aimais, il n'y avait aucun doute, je l'aimais, ardemment. J'ai eu envie de hurler. J'ai murmuré son nom, j'ai murmuré « Mon amour… mon amour ». Discrètement, pas trop fort, j'ai hurlé « je t'aime ! », avant d'être secoué par quelques sanglots secs. Tout cela ne pouvait pas finir ainsi. D'ailleurs Charlène n'avait rien dit de définitif. Et puis il y avait ses chaussures. Elles étaient le dernier espoir, la preuve minuscule que tout n'était pas fini. Les chaussures prolongeaient les bols et la douche par le charme de l'ordinaire qui émanait d'elles. Charlène avait commencé à s'installer en profondeur dans le quotidien de ma vie. Tel était le plus important, il me fallait m'appuyer sur ces faits irréfutables. Pourquoi abandonner si vite alors que les traces d'une autre vie possible étaient encore chaudes, ici, devant moi ? Ce défaitisme était digne de l'ancien Sami, le battu d'avance, le fuyard, le fantôme. Non, le nouveau Sami devait croire à la vie, il devait se battre, il allait se battre. L'histoire n'était pas finie, Charlène devait venir ce soir. Ce soir ! Chez moi ! Je ferais tout pour l'accueillir comme une reine.

10.

Un autre monde

Mon corps avait décidé, il s'était mis à l'action de lui-même, déployant une énergie d'autant plus surprenante qu'elle contrastait avec l'immobilité précédente. J'avais du mal à calmer ses ardeurs, virulentes et confuses. Je déplaçais les objets sans plan d'ensemble, m'agitant pour m'agiter. Ce sursaut ménager aurait pu retomber aussi vite qu'il était apparu, j'en étais conscient. Il s'est pourtant installé dans la durée, de façon plus efficace et rationnelle. J'ai attaqué pièce par pièce, résolu, infatigable. Jamais je n'avais procédé à un tel rangement, une furie d'ordre et de propreté m'emportait. Je ne faisais pas seulement le ménage, je voulais effacer l'ancien Sami, transformer cet univers, métamorphoser le décor de notre prochaine rencontre. Pas seulement le décor. Depuis hier, tout en moi avait changé, je m'étais échappé du vieux moi, vers une autre vie, un autre monde, complètement différent. Le décor devait suivre le mouvement. Plus encore. Il devait entraîner, annoncer les bouleversements à venir, les merveilleux bouleversements à venir. Ma furie ménagère scellait la promesse d'un nouveau monde amoureux. Pourquoi n'avais-je pas fait cela, au moins un peu, auparavant ? Était-ce parce que les lieux devaient rester accordés à ma tristesse ? Quelques heures avaient suffi, mon studio rayonnait maintenant de joie de vivre. Charlène révélait ce qu'il y avait de meilleur en moi.

J'étais descendu dans le quartier pour acheter une infinité de produits de nettoyage (au citron vert pour les vitres, à la cire d'abeille pour le plancher, au fruit de la passion pour les sanitaires), qui furent autant de découvertes. C'était marché ce jour-là. Les légumes, les fruits, avaient des couleurs enivrantes, des odeurs éclatantes, comme autant d'invites au plaisir. J'étais amoureux. J'allais lui préparer un repas, bien sûr, c'était évident, tellement évident ! D'autant qu'hier elle n'avait pas mangé, elle avait très faim ce matin, elle me l'avait dit. Peut-être cela avait-il été une des choses qui l'avaient déçue ? Il fallait que je lui prépare un superbe repas ; j'adore cuisiner. Je retrouve avec les viandes, les poissons, les légumes, le plaisir du toucher des étoffes. Les légumes surtout. Chaque légume est un voyage, rempli de surprises. Prenez l'aubergine, elle n'est que contradictions. Un peu comme moi. Peut-être est-ce pour cela que je l'apprécie tant. Elle est raide au-dehors et tendre au-dedans, violemment colorée et d'une blancheur intense. Alors que la cuisson semble la détruire dans un gris sale et une consistance mollassonne, elle révèle ses trésors gustatifs. Elle sacrifie sa beauté pour notre bonheur ; l'aubergine est un exemple de don de soi amoureux.

Nulle aubergine pour ce soir ; du fenouil, des carottes et des navets nouveaux. Pauvre navet ! Si j'avais été écrivain, j'aurais écrit j'en suis sûr une ode au navet, si injustement méprisé. Quand j'entends dire d'un mauvais film qu'il s'agit d'un « navet », je suis indigné pour ce légume, dont la grandeur (et le drame) est d'être finement subtil. Notre époque déteste la modestie. Mais ce soir, seul le navet sera modeste. Car l'heure est au grandiose. Pour ma fée. Des filets de saint-pierre, c'est bien le moins que je puisse faire, bien que ce soit un peu cher, tant pis. Et le magnifique pouilly-fuissé, aux arômes de miel et de fleurs d'acacia, qu'un client caviste ravi de mon travail (des chaises victoriennes qu'il pensait irrécupérables) m'avait offert. Bien mieux que la margarita.

J'avais dressé la table, ajouté un bouquet de freesias achetés au marché ; j'ai commencé à préparer les légumes. L'ambiance n'était plus la même désormais, mes violences intérieures et mes angoisses de ma rage ménagère avaient été effacées, mes gestes étaient devenus doux et caressants, tout me murmurait le bonheur annoncé. Je croyais à nouveau à mon histoire avec Charlène. On a sonné. C'était elle. Elle a été très surprise, ouvrant de grands yeux, très grands. Très beaux. J'étais amoureux. Elle a hésité peut-être un peu. Pas longtemps. Elle a accepté, est entrée, j'ai refermé la porte. Elle était de nouveau chez moi ! Souriante ! J'avais eu raison de croire à mon histoire, j'étais follement amoureux. Le pouilly était vraiment exceptionnel (notes minérales ne gommant pas le fruit, richesse aromatique des vieilles vignes, plénitude charnelle, robe d'or soutenue seyant à ce philtre d'amour). Charlène a eu l'air de l'apprécier beaucoup. Heureusement, j'avais mis deux bouteilles au frais. La soirée s'annonçait vraiment bien.

J'avais envie de l'embrasser, une envie furieuse et calme à la fois ; j'étais beaucoup moins raide, moins stressé qu'hier. Je me suis levé de mon fauteuil sans même penser que la manœuvre pour approcher du pouf serait tout aussi malaisée que la veille. Cela m'est revenu en mémoire au moment de plonger vers Charlène. Ma fée, celle qui rend la vie facile, a deviné, et résolu d'un coup ce petit problème technique. Elle s'est levée en s'accrochant à moi ; je n'avais plus qu'à la prendre dans mes bras, à l'embrasser. C'était naturel et merveilleux, je retrouvais la sensation envoûtante de cette intimité humide qui m'engloutissait tout entier. Un bonheur, un délice. Mais le bonheur plus grand encore était de constater mon aisance pour accomplir ce miracle. Aussi inimaginable que ça puisse paraître, j'étais devenu totalement quelqu'un d'autre. Je n'avais même plus peur de perdre Charlène, elle semblait si bien ici, avec moi, riant aux éclats, incroyablement vivante. Comment est-il possible d'être aussi vivant ? Le vieux fantôme n'aurait jamais imaginé qu'il puisse un jour observer cela chez lui, et que lui-même parvienne à ressusciter. Car la vitalité exubérante de ma fée était communicative, je sentais de l'énergie, de la joie dans mes veines. Oui, de la joie ! Moi, le Sami irrémédiablement triste, j'étais joyeux. Mon dieu, qu'il est bon d'être joyeux ! Rien au monde ne vaut ce soleil intérieur. Sauf l'amour, bien sûr. J'étais amoureux.

L'appartement était transfiguré, et je ne parle pas du ménage et de la décoration de la journée. J'avais l'impression d'être embarqué avec Charlène vers une autre planète, une cinquième dimension, irréelle et pourtant très vraie, plus vraie que la réalité ordinaire.

Une planète liquide, où tout n'était que douceur, fluidité et caresses. J'ai cherché un disque, pour mettre des sons sur ces images. Ce n'était pas pour remplir les silences ; je n'avais plus peur des silences. La musique et la poésie, à l'évidence, devaient escorter notre envol, amplifier nos vibrations existentielles. J'ai cherché au rayon soleil, au rayon bonheur, de mes étagères. Et un nouveau miracle s'est produit. J'avais mis un vieux CD, enfin pas si vieux, quelques années, mais quelques années sont des siècles au regard des modes musicales. Un CD qui à son époque n'avait pas connu le succès, et est désormais parfaitement oublié. Or Charlène le connaissait, et elle l'appréciait autant que moi ! Il y avait là une coïncidence qui ne pouvait être due au seul hasard, il y avait là un signe du destin. Je ne crois pas trop au destin, mais il y avait là vraiment un signe. Nous découvrions que dans les profondeurs secrètes de nos intimités, de nos imaginaires, nous étions très proches l'un de l'autre, au point de ne faire qu'un. Je me suis alors souvenu de ma première impression (cela me paraissait si ancien déjà !), sur le site *Des vertes et des mûres.* *Lafillekirev* m'était apparue comme plongeant au cœur de mes propres rêves, elle les exprimait encore mieux que je ne l'aurais fait moi-même. C'était un signe du destin. Je n'avais plus peur de la perdre, nous étions faits pour vivre ensemble. Nous chantions maintenant, sa voix mêlée à la mienne, ivres de pouilly et de bonheur. « *Qui de plus heureux au monde que moi ?* », disait la chanson.

Mon histoire avec Charlène ne cessait de naviguer entre des hauts et des bas, j'en avais l'habitude désormais. Je n'ai donc été qu'à moitié surpris quand, après cet instant d'intensité, elle a réintroduit un peu de froid et de distance. Elle avait sans doute elle aussi un peu peur, peur de se perdre trop vite dans ce mouvement qui nous entraînait à vitesse accélérée vers un monde inconnu. Personnellement, je n'avais rien à perdre, ce qui en moi risquait de disparaître était fantomatique et mauvais. Je la comprenais cependant très bien. Je ne voulais pas la brusquer, j'étais impatient pour moi mais capable pour elle d'une infinie patience. Elle ne voulait pas rester ce soir. Elle a prétexté qu'elle n'avait plus de vêtements de rechange, et qu'elle sentirait mauvais. Elle ne sentait pas mauvais du tout ! Elle sentait merveilleusement bon, les épices sucrées et les sous-bois de printemps. Mais cela aussi je pouvais le comprendre. Elle a proposé que l'on se voie le lendemain soir. Nous nous sommes embrassés, longuement, tendrement. C'était à l'évidence un signe, un message de sa part (« N'aie pas peur, mon amour, je rentre chez moi ce soir pour mes vêtements, mais je reviens demain, notre belle histoire continue, n'aie pas peur de me perdre »). Je n'avais pas peur. Je nageais dans le soleil et le bonheur. D'ailleurs, elle était partie en laissant ses chaussures. Cela aussi était un signe. Un signe du destin.

11.

Le crapaud

Notre histoire avait commencé à la fin du printemps. L'automne a réservé à nos humeurs beaucoup d'étés indiens, mais aussi, je dois dire, quelques journées brumeuses. Froideurs passagères, questions et doutes. Aujourd'hui, au seuil de l'hiver, je ressens le besoin de comprendre ces grisailles. Surtout, je voudrais savoir si le soleil n'est pas plus rare chez Charlène. Parfois j'ai l'impression qu'elle est triste, que ma présence l'assombrit. Parfois seulement. Pour le reste, tout va bien, tout va plutôt bien. Ces derniers mois ont été les plus riches, les plus exaltants de mon existence. Le vieux Sami, le fantôme, n'est jamais revenu hanter ma maison, pas un seul jour. Il aurait été perdu, le pauvre, tellement tout a changé ici.

Charlène était là le lendemain, le sourire aux lèvres, lestée d'un gros sac de voyage. J'avais préparé un risotto au safran, accompagné d'un gigondas rayonnant de soleil. Quand j'ai vu son sac en ouvrant la porte, j'ai su qu'il n'y aurait plus de retour en arrière, que c'était parti pour la vie, irrémédiablement. Elle en a sorti des séries d'objets. Une cafetière/du café/un bol. Un drap de bain/du gel douche/une brosse à dents. Des cintres/des vêtements/du produit lessive. J'aurais pu me vexer, ou du moins lui faire remarquer que cette fois j'avais prévu le café, que j'avais des cintres et des serviettes de toilette (pas aussi grandes que la sienne, c'est certain). Je n'en ai rien fait. J'étais trop content de voir ce qui était en train de se produire. Sous mes yeux. Elle installait ses repères, ceux qui fixent la base de la vie, dans son nouveau repaire, qui jusque-là était le mien. Qui n'était plus le mien, qui était déjà le nôtre. Notre petit chez-nous. Les idées allaient très vite dans ma tête. La veille au matin, pendant quelques minutes, j'avais été ravi à la vue des deux bols sur la table, imaginant qu'ils matérialisaient les débuts de notre vie conjugale. Ce soir-là, j'étais encore plus transporté à la vue de son gros bol rose. Je me suis représenté la scène du lendemain autour de la table, son bol mélangé au mien ; c'était encore plus fort que les deux bols de la veille. Le mélange de nos univers devait faire une place à ses goûts, à ses couleurs, à ses désirs. Charlène devait se sentir complètement chez elle chez moi. Chez elle chez nous. L'appartement n'était plus mon chez-moi, il était déjà notre chez-nous, je mourais d'envie qu'il soit encore plus notre chez-nous, un chez-nous qui efface les dernières traces du fantôme. Je lui ai tout de suite fait une place dans la penderie, sans grand mal (j'ai peu de vêtements), lui laissant la moitié. Il n'y avait pas assez de cintres pour la véritable garde-robe qu'elle avait emmenée dans son sac ; je lui ai donné une partie des miens (mes jeans pouvaient être pliés dans un tiroir). Elle a enfilé, avec beaucoup de douceur, ses deux robes sur mes cintres. Les bols n'avaient été qu'une mise en bouche. Il n'était plus question de discret ravissement avec ses robes, mais de volupté, de frôlements, de caresses, d'intimités mélangées. Dans une simple armoire. Charlène s'est sentie obligée de s'expliquer.

« J'ai amené trop de choses, j'avais vraiment trop les boules de me retrouver comme l'autre matin avec rien à me mettre. N'aie pas peur, je ne vais pas t'encombrer longtemps. »

Ne pas m'encombrer longtemps ! Que voulait dire cette phrase horrible ? J'aurais dû être abattu. Il n'en a rien été. Décidément, le vieux Sami était bien mort. J'ai réagi comme si je n'avais rien entendu. Seuls comptaient les faits, les gestes, les objets. Eux disaient que Charlène était, sans le moindre doute, en train de s'installer. Et ils disaient vrai. Ensuite en effet il y a eu beaucoup d'autres voyages. Elle apportait chaque fois de nouvelles choses, objets utilitaires ou de décoration. Le sac opérait dans ses va-et-vient un lent déménagement progressif. J'étais très curieux, quand elle l'ouvrait, de découvrir les trésors qui allaient, encore et encore, changer mon univers. Comme autant de cadeaux, involontaires. Car Charlène s'excusait presque, elle ne voulait pas m'envahir. Je ne rêvais pourtant que de cela : être envahi par ma fée, ma fée du logis. Ce qu'elle touchait était métamorphosé par sa grâce. La salle de bains était devenue méconnaissable. Elle avait ajouté un miroir, des flacons innombrables, des ustensiles de maquillage (dont pour beaucoup j'ignorais l'usage), des rideaux, un tapis, un guéridon. C'était beau, ça sentait bon, ça sentait elle.

Jusqu'au guéridon j'étais un spectateur. Émerveillé. Elle amenait ses petites choses, à elle, chez moi.

Mais le guéridon m'a obligé à me remettre en cause. Déjà il y avait eu le miroir, les rideaux, le tapis, qui n'étaient pas vraiment de petites choses personnelles. Elle avait acheté tout cela, elle entreprenait maintenant de véritables travaux de bricolage et de décoration. Et j'allais rester spectateur ? Moi qui suis si habile de mes mains ! Moi dont l'art est de savoir jouer avec les couleurs et les matières ! Pourquoi n'avais-je rien fait avant de rencontrer Charlène, pas la moindre décoration ? J'étais groggy par mes questions sans réponses. Je sortais d'un trop long sommeil, hébété par l'absurdité des cauchemars qui avaient peuplé ma nuit de mort-vivant. Mais l'heure n'était plus aux énigmes, le passé était le passé, sans intérêt, incompréhensible, à oublier. L'heure était à l'urgence, il me fallait réagir, tout de suite. Je me suis mis à ses ordres, lui offrant ma compétence technique, j'étais son petit soldat. Elle dessinait notre avenir, traçant les lignes futures du décor qui allait nous emporter sur la planète inconnue. J'avais rapporté de l'atelier mes marteaux et mes tenailles. Transformer la matière pour créer la vie est l'œuvre des dieux. Je me sentais la puissance d'un dieu, et découvrais quelle volupté il y a à éprouver cela. J'étais un dieu et un petit soldat.

Dès les premiers jours, Charlène avait amené une chaise pliante pour remplacer le pouf, sur lequel elle disait être mal assise. Il était effectivement très mal rembourré, je l'avais constaté quand j'avais voulu l'embrasser. Elle avait raison. Pouvais-je maintenant la laisser sur une chaise pliante ? Je me suis rendu compte que je ne lui avais jamais proposé de s'asseoir dans le fauteuil. Je l'avais reléguée sur le pouf inconfortable, remplacé par la chaise pliante, pendant que moi seul occupais le fauteuil. Je sais que c'était par habitude, je n'avais pas pensé à mal, il s'agissait depuis des années de mon fauteuil. Il y avait cependant de quoi être troublé. Comment avais-je pu, moi qui me disais fou d'amour, ne pas penser à elle à ce point, ne pas remarquer, tout bêtement, qu'elle était mal assise ? Elle me l'avait même dit, je m'en souvenais. Elle avait détesté le pouf dès le début de notre histoire. J'étais impardonnable. J'ai décidé de racheter ma faute, de lui inventer une merveille, un siège encore plus beau que le mien, fabriqué par amour, de mes propres mains.

Je n'ai pas attendu la mode actuelle pour penser que le crapaud atteint les sommets du raffinement. Les meubles de style ont une raideur qui est le prix à payer de leur allure incomparable. Elle ne gêne pas le véritable amateur, qui épouse le dessin et vit par son corps la grandeur des siècles passés. Mais notre siècle à nous réclame tant de bien-être moelleux que la raideur trop raide peut s'avérer incommode. Le crapaud (il est presque le seul à le faire) parvient à réunir les contraires. Il a pour lui le style, et la douceur du contact quand on sait travailler ses arrondis et son rembourrage. Je sais les travailler. J'avais choisi une ouate d'une souplesse étonnante, et un capitonnage de velours finement caressant. Mon effleurement du tissu était plus amoureux que jamais, j'en tremblais de tout mon être ; jamais un crapaud ne m'avait semblé aussi admirable.

J'ai été, il faut l'avouer, un peu déçu par sa réaction. Ou plutôt, par son absence de réaction. Après tant d'amour donné, après tant de travail, c'est à peine si elle m'a dit merci. Elle s'est assise dans le crapaud, signalant juste qu'elle s'y trouvait bien. L'amour doit se donner, et n'attendre rien en retour. Mais j'avais tant donné pour ce crapaud que j'aurais aimé sentir vibrer son plaisir et sa surprise. Comme cela avait été le cas pour le pouilly, le Grand Soir de nos retrouvailles. Je me souviens d'avoir comparé un instant l'effet produit par le pouilly et par le crapaud. Il n'y avait pas de commune mesure ; j'étais un peu déçu, pour moi-même, et encore plus pour le crapaud, qui méritait tellement mieux. Charlène s'installait dans ma vie, tout se passait très bien, ou, disons, plutôt bien, j'étais heureux, mais je ne comprenais pas vraiment ce qui se passait en elle. Nous étions à la fois proches, complices, et chacun dans notre monde. Je m'étais trompé au début, nous ne partagions pas nos rêves. Le système de vie commune que nous avions mis au point nous convenait parfaitement. Il était pourtant très particulier. Je me demande d'ailleurs si nous formions vraiment, si nous formons, ce qu'on appelle un couple.

Nous ne partageons pas nos rêves. Nous ne parlons pas beaucoup, et pour dire des banalités. À propos du petit plat que je lui ai préparé (elle adore !) ou du nouveau chantier de décoration que nous allons entreprendre. Je suis très surpris quand elle répond au téléphone devant moi et que des rires sonores font soudain briller ses pupilles. J'ai peur d'être gris et morne comparé à cette autre face lumineuse de sa vie, j'ai peur de la rendre triste, moins vivante, quand elle est avec moi. Je n'ai jamais osé lui demander ; il est des questions qu'il vaut mieux sans doute ne pas poser. J'ai peur de la rendre un peu triste mais je ne la sens pourtant pas malheureuse. J'ai l'impression qu'elle se sent bien ici, à l'aise, chez elle. Elle s'enferme dans la salle de bains pendant des heures avec sa musique *heavy metal*, que je n'apprécie pas trop. Je n'apprécie guère ce type de rock mais l'entendre chanter dans la baignoire me fait un bien fou ; il m'arrive même de chantonner en sourdine ces rythmes coupants tant je suis heureux d'entendre son bonheur. Nos repas sont une vraie fête. Mon art culinaire a fait des progrès notables ; je me ruine en grands crus. Nous avons mis au point un délicieux rituel de dégustation. Je lui explique le caractère de notre vin invité du soir, et elle choisit les verres en conséquence. Puis nous nous installons pour le cérémonial, moi dans mon fauteuil, elle dans son crapaud (elle s'y est habituée et aime bien s'y asseoir maintenant). Nous partageons nos avis sur la couleur et les arômes, sur la manière par laquelle le divin liquide délivre à chacun sa caresse. Alors, le miracle se produit. Nous nous sentons incroyablement unis, comme au cœur de la nuit, nous décollons vers la cinquième dimension ; et Charlène rit. En ces moments-là, je devrais lui dire que je l'aime. Je ne le lui ai jamais dit. Comment peut-on dire une chose comme cela ? Je ne sais pas, je n'ose pas. Il existe tant de mots vides, des « Je t'aime ! », des « Mon amour », oubliés à peine prononcés. Moi, Charlène, je l'aime vraiment, je l'aime comme un fou, en secret.

Il m'arrive souvent de penser à nos débuts, notre rencontre. Nous avions été emportés dans notre histoire à toute allure, en deux soirs et deux nuits, entre pouilly et gigondas (nos vies auraient-elles basculé ainsi sans le vin ? que se serait-il passé si le pouilly avait été imbuvable ?). Nous avions été irrésistiblement entraînés.

Personnellement, je ne demandais que cela, je crois que rien n'aurait pu m'arrêter. Mais Charlène également. Elle n'avait marqué aucune résistance, elle n'avait pas saisi les occasions qui auraient pu lui permettre de ne pas quitter sa vie d'avant. Elle avait laissé ses chaussures, elle était venue avec son gros sac le deuxième soir, elle m'avait demandé ce qu'il y aurait à manger la fois suivante. Elle s'installait, toujours davantage, jour après jour, opiniâtrement. Pourtant, des obstacles étaient apparus très vite. Je ne parle pas des silences ou de sa tristesse, mais d'une véritable difficulté d'organisation : nous n'avions pas du tout les mêmes rythmes. Si nos nuits étaient magnifiques, Charlène a rapidement refusé de se coucher trop tôt. Pour elle, 22 heures c'est très tôt, pour moi, cela commence déjà à être un peu tard. Notre jeune et fragile relation a semblé flotter un temps, il y a même eu quelques paroles un peu vives. Charlène était sur le point d'exploser.

— Putain, Sami, c'est pas possible, tu te couches comme un petit vieux ! Bientôt on va manger à 6 heures en regardant Julien Lepers à la télé. Putain, c'est pas possible !

Je crois que c'est moi qui lui ai proposé un soir. Elle était à bout, cela bouillonnait à l'intérieur, elle allait encore monter d'un cran dans les cris et les plaintes. Je lui ai dit qu'elle pouvait sortir seule si elle le souhaitait, pour voir ses amis, que cela ne me gênait pas, que cela me poserait beaucoup plus problème de me forcer à sortir pour l'accompagner. Mieux valait que chacun se sente à l'aise. Chacun son rythme, pour mieux se retrouver. Je me souviens de sa surprise, elle avait eu les jambes coupées, et s'était assise dans son crapaud.

— T'es sûr, Sami ? T'es vraiment sûr ? Ça te gêne vraiment pas ?

— Non, pas du tout, je suis sûr.

— T'es vraiment trop super, il n'y en a pas beaucoup comme toi. Merci.

Elle était sortie le soir même. Elle était rentrée très tard, au petit matin. J'avais fait semblant de dormir, je ne lui avais rien demandé. Je ne lui avais rien demandé non plus au petit déjeuner, juste le minimum (« ça s'est bien passé ? »). Elle m'avait répondu juste le minimum (elle était incroyablement fraîche après si peu d'heures de sommeil). C'est ainsi que notre association bizarre a commencé à être mise au point. J'avais énoncé la philosophie initiale, Charlène avait pris ensuite rapidement les commandes, définissant des règles, aussitôt après les avoir déjà appliquées (quand la tyrannie est douce, on l'accepte aisément). En deux ou trois semaines, une sorte de contrat implicite avait été établi, et il régit encore aujourd'hui notre drôle d'existence. Charlène appelle cela ses « trois temps ». Certains soirs elle rentre dans son ancien logement en banlieue, chez sa mère. Elle y a encore beaucoup d'affaires personnelles. D'autres soirs sont les soirs bénis de nos rencontres amoureuses. J'ai préparé la cuisine, nous dégustons un grand vin, nous nous couchons tôt. Je continue à découvrir son corps avec la curiosité des débuts, avec le même bonheur du contact des épidermes. Ces soirs-là sont un pur ravissement. Et puis, il y a les autres, le « tiers temps » étrange. Nous mangeons plus simplement, nous efforçant de remplir les blancs de la conversation, de dissoudre le léger malaise. Charlène se prépare longuement, passant un temps fou au maquillage. Elle enfile souvent une petite robe très courte, trop courte, elle met ses chaussures à talon. Elle est très belle. Mais ce n'est pas pour moi. Elle sort danser, faire la fête, avec ses amis. Il m'arrive d'être déjà couché quand elle s'en va.

C'est moi le premier qui lui avais proposé de sortir, la crise menaçait d'éclater, il n'y avait pas d'autre solution. J'avais accepté le « contrat », il n'y avait, là non plus, sans doute, pas d'autre solution. Je ne souffre pas de ses absences, ce serait très exagéré de le dire. Je ne suis pas véritablement jaloux non plus. Ce qui n'est pas sans m'interroger ; pourquoi si peu de jalousie ? Une pointe seulement, quand Charlène sort de la salle de bains, si bien maquillée, si belle, avec sa petite robe. Ensuite j'oublie, je m'endors. En rêvant à elle. Je suis content qu'elle s'amuse, qu'elle soit heureuse. J'aimerais, je dois l'avouer, qu'elle soit plus souvent ici, avec moi. Mais il faudrait pour cela que je puisse lui donner les rires qui lui manquent, les petites folies de la vie nocturne. Tout ce que j'ai en horreur, tout ce dont je suis incapable. C'est peut-être pour cela que je n'éprouve pas de jalousie ; je n'en ai pas le droit. Je dois me résoudre à être heureux ainsi. Je suis heureux ainsi.

Et puis, il faut l'avouer, je tire quelques avantages de mon côté. J'ai repris le vélo à 6 heures du matin, la musculation en fin d'après-midi (sauf les jours où je prépare la cuisine). Je ne pédale plus avec la rage d'autrefois, je suis trop pacifié à l'intérieur. Bien que j'aie le même plaisir à dominer la souffrance, je sens qu'elle est devenue strictement musculaire. Le vélo n'est plus une thérapie, je n'ai plus besoin de thérapie. Parfois, je me dis que j'ai tort de rêver à une existence plus normale. Qui sait si nous n'avons pas inventé le système idéal ? Idéal au moins pour nous deux. Je l'aime, ma fée, je suis heureux, n'est-ce pas le plus important ? Je suis tellement changé qu'il m'arrive de chanter et de rire. Moi ! Nous nous esclaffons pour des choses toutes bêtes, notamment à propos du « tiers temps ». Ce qui montre à quel point nous nous sentons à l'aise sur ce point ; nous plaisantons, avec beaucoup de naturel et de légèreté, à propos de nos horaires décalés. Il nous est arrivé une fois de nous croiser dans l'escalier vers 6 heures, moi mon vélo sur l'épaule, Charlène avec sa petite robe et ses talons. Elle avait éclaté d'un grand rire, devant la copie d'un Van Gogh qui est dans l'escalier (pourquoi avais-je décoré l'escalier alors que je n'avais rien fait dans mon logement ?). J'aime beaucoup cet autoportrait, dit « à l'oreille coupée » ; je me sens si proche d'un artiste capable d'une telle violence sur lui-même. Charlène s'était tournée vers l'homme à la pipe.

— Dis bonjour à Van Gogh !

— Bonjour, Van Gogh !

Nous avions été pris d'un fou rire, qui avait mis longtemps à s'étouffer, chacun l'emportant de son côté, moi descendant les marches, elle montant se coucher. Depuis, cette scène mythique alimente notre rituel de dégustation quand nous ouvrons un grand vin. Nous ne manquons jamais de prononcer la phrase magique, qui nous rappelle que nous savons rire ensemble, être heureux.

— À la santé de Van Gogh !

— À la santé de Van Gogh !

12.

Le bébé de Noël

Je l'aime. Pour la première fois je me sens bien dans ma peau, dans la vraie vie. Je ne vivais pas avant. Je ne pense même plus au passé, à cet étrange individu hors du monde que j'étais. Le miracle de ma métamorphose a été si soudain, si surprenant, que je n'ai pas envie de me poser de questions sur le pourquoi et le comment. Je me laisse tranquillement porter par mon bonheur, je goûte au plaisir infini de ma paix intérieure. Tout n'est pas parfait bien sûr. Il reste quelques traces d'autrefois. Mes silences. Mes rires trop rares. Mon inaptitude au contact avec d'autres que Charlène. Tout n'est pas parfait, parfois je me sens un peu seul, j'aimerais qu'elle soit là plus souvent. Jamais je n'avais souffert de la solitude avant, la solitude était mon univers naturel, je ne m'y ennuyais pas en dialogue avec mes rêves, mon vélo, mes fauteuils. Jamais je n'avais eu cette sensation de vide. Que j'éprouve désormais quand Charlène est absente. Je ne suis pas jaloux. J'accepte les termes du contrat, je les comprends. Notre vie a trouvé son équilibre ainsi. Tout le monde s'y retrouve. Mais. Mais, parfois, il y a cette sensation de vide. Surtout les soirs où elle se prépare pour danser toute la nuit.

Je refuse de réfléchir au passé, seul compte le présent. Et l'avenir. L'avenir est une suite sans fin de points d'interrogation. Impossible à imaginer. Peu à peu cette question de l'avenir remplace le doux présent dans mes pensées, elle devient même obsédante. Le contrat est une bonne chose, nous avons trouvé un équilibre ; cette drôle d'existence cependant ne saurait durer éternellement. Des révolutions prochaines sont inéluctables. Je sens en moi que d'autres révolutions vont éclater, nous emporter encore plus loin. Bientôt. J'y suis prêt. Je ne demande que cela. Surtout quand le vide s'installe.

L'idée m'est venue d'un coup, telle une révélation surgie d'on ne sait où. Lumineuse, évidente. Hier, 24 décembre, alors que je préparais notre somptueux réveillon de Noël (un gewürztraminer vendanges tardives pour le foie gras fait maison ; un pomerol La Croix-Saint-Georges pour le pigeon au sang). J'avais mis notre chanson fétiche (« Entre Noël et Ramadan », c'était de circonstance) pour m'accompagner dans mes préparatifs culinaires. Elle était déjà passée en boucle trois ou quatre fois.

> *Qui de plus heureux au monde que moi*
> *Quand, dans mes souliers la nuit de Noël,*
> *J'y ai trouvé ma petite fée*

Je chantais sur le disque, comme d'habitude. Subitement, le sens des paroles m'avait pénétré. Un bébé. À Noël. Un bébé, du bonheur. Un bébé ! Un enfant ! Pourquoi n'avais-je jamais, jamais, jamais, pensé à cela, pas une seule fois, pas une seule seconde : avoir un jour un enfant ? Mon dieu ! Un enfant ! J'avais quitté la cuisine, ma cuillère en bois à la main, je dansais, je sautais de joie. Le choc avait été encore plus fort que lors de ma rencontre avec Charlène. J'aurais voulu ouvrir la fenêtre, crier au monde entier :

— Je vais avoir un enfant ! Je vais être papa !

Papa ! Comme ce mot sonne étrangement en moi. Qui aurait pu imaginer que je puisse être un jour papa ! Je serai papa, oui, oui, oui ! Je serai le plus merveilleux des papas, je suis prêt à donner tout ce que j'ai de meilleur, toute ma vie, pour cet enfant, mon enfant. Mon enfant ! Je ne serai pas de ces pères froids et distants, de ces pères qui font peur. Un père qui fait peur est la chose la plus abominable qui puisse exister. Pourquoi papa me faisait-il si peur ? Il ne me frappait pas, il me grondait à peine, moins que mes chenapans de frères. J'aurais tant voulu lui plaire, je le décevais j'en suis sûr, beaucoup, tous les jours. (« Mais laissez-le parler ! Il veut dire quelque chose. ») Plus je voulais lui plaire, moins je réussissais. Moi, je serai un père qui ne fera pas peur à son enfant. Je lui apprendrai la caresse des étoffes, je lui fabriquerai une petite chaise, je ferai du sport avec lui. Mon enfant ! Un bébé !

J'imagine maintenant l'avenir, tout devient clair, enthousiasmant. Il faudra peut-être déménager, bien sûr, le studio est trop petit. Je me vois avec Charlène, préparant la chambre. Nous allons former l'équipe la plus extraordinaire qui soit pour ce nouveau chantier de bricolage, nous allons créer le fabuleux décor de notre famille. Une famille ! Je vais fonder une famille !

Je vais être capable de donner la vie ! Je suis heureux à en pleurer. Charlène sera la plus douce des mamans, elle saura faire rire notre enfant, elle lui chantera des chansons. J'irai au marché chercher des légumes frais pour lui faire ses petites purées. Sa maman le fera manger en lui racontant des histoires. Charlène sait très bien raconter les histoires. Elle lira de beaux contes de fées, le soir, pour le faire s'endormir. Tous les soirs. Tous les soirs, bien sûr. On ne peut être la maman d'un bébé et sortir faire la fête.

Hier, j'ai eu beaucoup de mal à me concentrer sur ma cuisine, j'ai un peu raté mon pigeon au sang, trop cuit. J'étais trop excité. J'avais hâte de lui annoncer la grande nouvelle. Quand elle est arrivée, « Entre Noël et Ramadan » continuait à tourner en boucle. Elle m'a fait remarquer que j'avais l'air très heureux. Je lui ai répondu que j'étais très heureux. Elle a choisi les verres pour le gewürztraminer vendanges tardives (des coupes à champagne). Nous nous sommes installés, encore plus religieusement que d'habitude. Charlène a lancé le toast.

— Joyeux Noël, toute la compagnie ! À la santé de Van Gogh !

— À la santé de Van Gogh ! Et d'un autre personnage, un tout petit personnage.

— Un petit personnage ? Qui ça ?

— Celui de la chanson

— Mais, de quoi tu me parles, là ? C'est quoi ta devinette ? Allez, on arrête, je préfère qu'on parle du vin (suuuublime !!), je donne ma langue au chat.

— La chanson… elle parle d'un bébé… tu ne t'es jamais demandé pourquoi on l'aimait tant cette chanson ? Elle parle d'un bébé et de bonheur.

Charlène est devenue toute blanche, j'ai cru qu'elle allait lâcher son verre.

— Tu déconnes, là ! Tu déconnes, hein ?

— Non, je suis très sérieux. Un bébé, tu n'as pas envie d'avoir un enfant ? Il faudrait déménager, mais ce n'est pas trop compliqué. Un gros chantier de décoration pour sa chambre, ça serait bien. Tu n'as pas envie qu'on ait un enfant ?

— Je sais pas, moi, j'en sais rien. Putain, t'as des questions à la con, comme ça, à Noël. La vache, la surprise du chef ! J'en sais rien, moi. On pourrait pas parler de ça plus tard ?

Nous n'en avons pas reparlé. J'ai bien vu qu'elle était très pensive, l'esprit ailleurs, toute la soirée. Ce matin aussi. Aucun mot n'a encore été prononcé. Cela ne m'inquiète pas. Elle avait blêmi, très surprise, avait réagi de façon assez négative. C'était ma faute ; tout à mon excitation, je lui avais annoncé soudainement la nouvelle. Il y avait bien de quoi être choquée. Je vais laisser passer quelques jours avant de lui en parler à nouveau. Charlène, je la connais bien maintenant. Il lui faut du temps, pour accepter les tournants de l'existence. Elle commence par dire non, et elle dit oui ensuite. Même quand elle ne dit pas oui, elle se laisse prendre par le mouvement de la vie. Elle est la fille avec qui tout est facile et qui rend tout plus facile, tout merveilleux. Je sais qu'elle sera une maman merveilleuse. Avec le bébé j'en suis sûr, nous allons réussir à partager nos rêves. Je ne veux pas la brusquer. Je n'en ai pas reparlé ce matin, mais j'ai remis le disque, j'ai chanté sur la musique. Elle n'a pas protesté.

Du même auteur :

La Vie HLM, usages et conflits, Les Éditions Ouvrières, coll. « Politiques sociales », 1983.

La Chaleur du foyer, analyse du repli domestique, Méridiens-Klincksieck, coll. « Sociologies au quotidien », 1988.

La Vie ordinaire, voyage au cœur du quotidien, Greco, coll. « Réalités », 1989.

La Trame conjugale, analyse du couple par son linge, Nathan, coll. « Essais & Recherches », 1992, 2000 ; Pocket, coll. « Agora », 1997.

Sociologie du couple, PUF, coll. « Que sais-je ? », 1993, 2003.

Corps de femmes, regards d'hommes, Nathan, coll. « Essais & Recherches », 1995, 1997 ; Pocket, coll. « Agora », 1998.

Faire ou faire-faire ? Famille et services, Presses Universitaires de Rennes, 1996, 1997.

L'Entretien compréhensif, Nathan, coll. « 128 », 1996, 2001 ; Armand Colin, 2007.

Le Cœur à l'ouvrage. Théorie de l'action ménagère, Nathan, coll. « Essais & Recherches », 1997, 1999 ; Pocket, 2000.

La Femme seule et le Prince charmant. Enquête sur la vie en solo, Nathan, coll. « Essais & Recherches »,

1999 ; Armand Colin, coll. « Individu et société », 2006 ; Pocket, 2001.

Ego. Pour une sociologie de l'individu, Nathan, coll. « Essais & Recherches », 2001, 2004 ; Hachette-Pluriel, 2006.

Premier matin. Comment naît une histoire d'amour, Armand Colin, 2002 ; Pocket, 2004.

Un siècle de photos de famille [introduction d'un livre de photographies], Textuel/Arte-éditions/Éditions du Patrimoine, 2002.

L'Invention de soi. Une théorie de l'identité, Armand Colin, 2004 ; Hachette-Pluriel, 2005.

Casseroles, amour et crises. Ce que cuisiner veut dire, Armand Colin, 2005 ; Hachette-Pluriel, 2006.

Agacements. Les petites guerres du couple, Armand Colin, 2007 ; Le Livre de Poche, 2008.

Familles à table, Armand Colin, 2007 (avec des photos de Rita Scaglia).

Quand Je est un autre. Pourquoi et comment ça change en nous, Armand Colin, 2008 ; Hachette-Pluriel, 2009.

L'Étrange Histoire de l'amour heureux, Armand Colin, 2009 ; Hachette-Pluriel, 2010.

Sex@mour, Armand Colin, 2010 ; Le Livre de Poche n° 32289.

Le Sac, un petit monde d'amour, Jean-Claude Lattès, 2011 ; Le Livre de Poche n° 32697.

Mariages : petites histoires du grand jour, de 1940 à aujourd'hui, Textuel, 2012.

Oser le couple, avec Rose-Marie Charest, Armand Colin, 2013 ; Le Livre de Poche n° 33046.

Le Livre de Poche s'engage pour
l'environnement en réduisant
l'empreinte carbone de ses livres.
Celle de cet exemplaire est de :
250 g éq. CO$_2$
Rendez-vous sur
www.livredepoche-durable.fr

PAPIER À BASE DE
FIBRES CERTIFIÉES

Composition réalisée par PCA

Achevé d'imprimer en juin 2013 en France par
CPI BRODARD ET TAUPIN
La Flèche (Sarthe)
N° d'impression : 3001036
Dépôt légal 1re publication : juillet 2013
LIBRAIRIE GÉNÉRALE FRANÇAISE
31, rue de Fleurus – 75278 Paris Cedex 06